Muhkübchen

Katharina Schendel wurde 1979 geboren und hat Geschichte, Kommunikationswissenschaften und Japanologie studiert. Nach längeren Aufenthalten in Tokio und London kehrte sie in ihre Heimat Thüringen zurück. Heute lebt sie dort mit ihrer Familie und geht mit Leidenschaft ihrem Hobby, dem Schreiben von Kriminalromanen, nach.

KATHARINA SCHENDEL

Muhkübchen

THÜRINGEN KRIMI

emons:

Bibliografische Information der Deutschen Nationalbibliothek
Die Deutsche Nationalbibliothek verzeichnet diese Publikation
in der Deutschen Nationalbibliografie; detaillierte bibliografische
Daten sind im Internet über http://dnb.d-nb.de abrufbar.

FSC www.fsc.org
MIX
Papier aus verantwortungsvollen Quellen
FSC® C083411

Umschlagmotiv: photocase.com/Screeny
Umschlaggestaltung: Tobias Doetsch
Gestaltung Innenteil: César Satz & Grafik GmbH, Köln
Lektorat: Susann Säuberlich, Neubiberg
Druck und Bindung: CPI – Clausen & Bosse, Leck
Printed in Germany 2015
ISBN 978-3-95451-668-1
Thüringen Krimi
Originalausgabe

Unser Newsletter informiert Sie
regelmäßig über Neues von emons:
Kostenlos bestellen unter
www.emons-verlag.de

Für Sophie,
die meine Welt jeden Tag noch schöner macht

Ein Bulle beißt ins Gras

In Hummelstich gingen langsam die Lichter aus. Einem scheinbar perfekt ausgetüftelten Plan folgend, erloschen die Lampen und ließen das kleine Dorf in immer tiefere Dunkelheit sinken. Der runde Mond schaute noch eine Weile auf das abendliche Schauspiel hinab, dann verbarg er sein Gesicht hinter dicken, weichen Wolken. Eine samtene, undurchdringliche Schwärze breitete sich aus und überrollte die nordthüringische Gemeinde am Fuße des Kyffhäusergebirges so rasch wie eine La-Ola-Welle.

Erschöpft von ihrem Tagwerk, schlüpften die Bewohner in ihre geblümten Pyjamas und kuschelten sich in ihre warmen Federbetten. Hier und da hörte man ein lang gezogenes Gähnen, wieder woanders erklangen leise, monotone Schnarchgeräusche, und Fuchs und Hase raunten sich ein freundliches »Gute Nacht« zu. Bald lag fast ganz Hummelstich in süßem Schlummer.

Bereits am späten Nachmittag hatte man die Bürgersteige hochgeklappt, und weder Mann noch Maus hatte sich seitdem auf den Gassen und Straßen blicken lassen. Daran war beileibe nichts Ungewöhnliches. Wo hätten sie auch hingehen sollen? Die wenigen Geschäfte waren längst geschlossen, und da im Wirtshaus »Zum Goldenen Lamm« Ruhetag herrschte, schied auch diese Möglichkeit aus. So richtig traurig war darüber niemand.

Nicht dass die Hummelstichler besonders ungesellig gewesen wären, oh nein. Einem feuchtfröhlichen Gelage waren sie nun wirklich nicht abgeneigt. Doch diesen einen Abend in der Woche verbrachten sie gern in den eigenen vier Wänden. Denn daheeme – da waren sich die Hummelstichler einig – war es sowieso am schönsten.

Kurz nach Einbruch der Nacht zog ein gewaltiger Sturm auf. Regen ergoss sich auf die Wiesen und Felder, und der Wind heulte so laut, dass man glauben konnte, ein Rudel hungriger Wölfe überfalle das Dorf. Wilde, orkanartige Böen rüttelten an den Fensterläden und zerzausten Bäume und Sträucher. Immer ärger tobte der Sturm, und in der Ferne erhob sich ein noch bedrohlicheres Geräusch. Es klang, als würden die Dämonen der Finsternis ein höllisches Besäufnis feiern und dabei riesige monströse Pauken schlagen. Es knallte, rumpelte und dröhnte, dass einem angst und bange werden konnte. Gleißend helle Blitze zuckten durch das nachtschwarze Firmament und tauchten die Landschaft in ein schaurig diffuses Licht. Das Grollen des Donners kam unaufhaltsam näher und war schon bald so ohrenbetäubend, dass es bis in die Träume der schlafenden Hummelstichler drang.

Auf einer großen, umzäunten Weide scharrte Schimanski mit den Vorderhufen und warf angriffslustig den Kopf in den Nacken. Dieses Unwetter konnte ihm nichts anhaben. Es schoss so viel Testosteron durch seine Adern, dass er weder den Regen noch die Kühle der Nacht als unangenehm empfand. Im Gegenteil, es schien ihm, als ob die Wassertropfen, die auf seinem durchtrainierten Körper auftrafen, gleich wieder verdunsteten. Auch Blitz und Donner erschreckten ihn nicht.

Was sollte schon passieren? Noch nie hatte jemand es gewagt, sich mit ihm anzulegen. Seine Muskeln waren so hart wie Stahl, seine Hörner so gefährlich wie zwei Säbel. Weder Mensch noch Tier konnte es mit ihm aufnehmen. Was wollte da erst so eine alberne Naturgewalt ausrichten? Angst war etwas für Schwächlinge.

Er sah zu der kleinen Kuhherde hinüber, die eng zusammengerückt war und unter einem hohen Baum Schutz gesucht hatte. Im Licht der Blitze konnte er sehen, wie ihre nassen Leiber zitterten. Typisch Weiber. So dumm. So schwach. Machten sich bei jeder Kleinigkeit Sorgen. Zum Glück war er, der Inbegriff der Männlichkeit, aus einem anderen Holz geschnitzt. Wahrlich, es gab nichts, wovor sich Schimanski fürchtete.

Ja, er war schon wirklich etwas ganz Besonderes. Das Leben meinte es gut mit ihm. Er würde jedenfalls nicht als Bulette zwischen zwei Brötchenhälften auf irgendeinem Teller landen, so viel stand schon mal fest. Dieses Schicksal, das die meisten seiner Artgenossen ereilte, würde ihm nicht bevorstehen. Er war schließlich kein gewöhnliches Rindvieh. Er war der Auserwählte. Der Superstar. Für Höheres bestimmt.

Tatsächlich sah sein Lebenszweck wesentlich rosiger aus. Man hatte ihn mit der Produktion von Nachkommen betraut, eine Aufgabe, die er Tag für Tag auf das Genaueste erledigte. Dabei standen ihm Möglichkeiten offen, die jeden Playboy vor Neid hätten erbleichen lassen. Denn er verfügte nicht nur über die Kühe des Dorfes, nein, von überall her wurden sie herangekarrt. Er brauchte nichts weiter zu tun, als sich mit Kraftfutter zu stärken, zu schlafen und seinem Trieb nachzugehen. Und hatte er einmal keine Kuh vor den Lenden, dann bestieg er eben eine Attrappe. Dort, so hatte er es Bauer Butterblum einmal einem Fernsehreporter erklären hören, wurde die kostbare Essenz seiner Bemühungen aufgefangen, anschließend in kleine Plastikröhrchen gefüllt und in Stickstoff tiefgefroren, um später in alle Welt verschickt zu werden. Von künstlicher Befruchtung hatte der Bauer gesprochen. Darunter konnte sich Schimanski nichts vorstellen, aber das war ihm eigentlich auch vollkommen egal.

Was für ein potenter Prachtkerl er doch war! Bisher hatte er bereits über zweihunderttausend Kinder gezeugt, die sich munter auf allen fünf Kontinenten tummelten. Auf diese Leistung war er mächtig stolz. Er war einer der besten Braunviehvererber der Welt. Das musste ihm erst mal einer nachmachen!

Wenn Schimanski einmal gerade nicht mit Fortpflanzung beschäftigt war, dann stand er am liebsten am Ufer des kleinen Weihers und schaute auf sein Spiegelbild hinab. Er konnte sich gar nicht sattsehen an seinem Astralkörper. Die beeindruckende Statur, die kraftstrotzenden Lenden, der massige Schädel. Kein Wunder, dass die Weiber bei ihm Schlange standen.

Besonders wählerisch war er eigentlich nicht. Das verbot ja schon sein Arbeitseifer. Im Grunde wollte er jede haben – und das konnte er auch. Seiner unwiderstehlichen männlichen Anziehungskraft erlagen alle. Na gut, fast alle. Nur eine stellte sich quer. Trudi, so ein Weibsbild, das schon seit Jahren einen auf Hippie machte und ein Vagabundenleben führte. Hielt sich für was Besseres, die alte Jungfer. Dabei hätte sie mit ihren schief stehenden Glubschaugen eigentlich froh und dankbar sein müssen, dass sie überhaupt mal einen abbekam.

Noch mehr Blitze erhellten den Himmel, und der unmittelbar darauf folgende Donner war so gewaltig, dass es Schimanski vorkam, als würde er von einer Druckwelle erfasst werden. Ein angenehmes Kribbeln drang durch seine Haut und breitete sich in seinem ganzen Körper aus. Es war ein höchst erregendes Gefühl. Sein feuriger Blick streifte die kleine Kuhherde, und Schimanski spürte plötzlich ein unstillbares Verlangen. Wenn er doch nur an seinen Harem herankommen könnte. Was für ein Spaß das wäre. Die Nacht war noch so jung. Seine Hoffnungen wurden jedoch von einem dieser widerlichen Elektrozäune zunichtegemacht, welche der Bauer zwischen ihn und die Kühe gespannt hatte. So ein alter Spielverderber!

»Spar dir deine Kräfte lieber für den Tag auf«, hatte Butterblum zu ihm gesagt und ihm die Stirn gekrault. Pah, wenn der wüsste. Seine Kräfte reichten für den Tag und für die Nacht! Nur weil beim ollen Bauern im Bett nichts mehr lief. Diese verweichlichten Menschen mit ihren Potenzstörungen. Es war ein Wunder, dass sie noch nicht ausgestorben waren. Zum Glück war er ein Rindvieh.

Die Bäuerin hingegen schien weniger ein Kind von Traurigkeit zu sein. Jedenfalls hatte Schimanski sie einmal mit einem Fremden im Stall bei der Paarung gesehen. Da war es ganz schön zur Sache gegangen. Richtig animalisch. Der Fremde hatte gegrunzt wie ein Eber, und die Bäuerin hatte dreimal laut aufgeschrien. Schimanski war richtig beeindruckt gewesen. So viel hemmungslose Leidenschaft hatte er den schwächlichen Zweibeinern gar nicht zugetraut.

Schimanski stemmte seine Beine noch fester in den Boden und schaute in den schwarzen Himmel hinauf. Die feinen weißen Linien, die sich dort immer mehr verästelten, waren wirklich hübsch anzusehen. Überall zuckten sie nun auf, mal größer, mal kleiner. Mal mehr, mal weniger hell.

Noch einmal blickte er lüstern zu den Kühen hinüber. Sein Verlangen wurde immer größer. Wenn er nicht bald irgendwen oder irgendwas besteigen konnte, dann würde er noch durchdrehen. Vielleicht sollte er den dämlichen Zaun einfach niederrennen. Das hatte er in der Vergangenheit zwar schon gut ein Dutzend Mal vergeblich versucht, doch war ihm die Erinnerung daran aus irgendeinem Grund abhandengekommen.

Jetzt, in diesem Augenblick, schien es ihm eine vortreffliche, ja geradezu geniale Idee zu sein. So ein kleiner Stromschlag würde ihn schon nicht umbringen. Er scharrte mit den Hufen und warf übermütig den Kopf hin und her. Er musste es wagen. Jetzt oder nie.

Da schoss mit einem lauten Donnergrollen ein weiterer Blitz vom Himmel herab und schlug direkt zwischen Schimanskis Augäpfeln ein. Mehrere Hundertmillionen Volt erschütterten seinen strammen Astralkörper und ließen ihn wie eine verbrannte Riesenbulette zu Boden gehen. Doch davon spürte Schimanski freilich nichts mehr.

Zwei gute Freunde kehren heim

Während sich der Tag dem Ende zuneigte und die meisten Hummelstichler bereits selig schlummerten, tanzten die Bewohner eines Hauses völlig aus der Reihe. In dem stattlichen Hauptgebäude eines großen Bauernhofes, an den weitläufige Wiesen und Felder sowie ein hübscher Obstgarten grenzten, dachte in dieser Nacht niemand ans Schlafengehen.

Aus dem Schornstein kletterten munter kleine Rauchwölkchen empor, und fröhliches Gelächter drang, vermischt mit neugierigem Geplapper, durch die angelehnte Verandatür. Es duftete nach Braten und Zitronenkuchen, und in den hohen Fensterscheiben spiegelten sich die Lichter von unzähligen Lampen und Kerzen wider. Eine heitere Musik nuddelte mit einem leicht blechernen Beiklang vor sich hin, so als hätte jemand ein altes Trichtergrammophon eingeschaltet.

Im Hühnerstall, der zwischen dem Wohnhaus und einem gewaltigen Misthaufen lag, reagierte das Federvieh auf die ungewohnte nächtliche Ruhestörung mit lautem Gegacker. Die siebenköpfige Hühnerschar war so etwas wie die Dalton-Bande im Dorf und hatte sich durch diverse kriminelle Machenschaften einen höchst zweifelhaften Ruf erworben. Obwohl sie weder besonders groß noch sonst in ihrer äußeren Erscheinung irgendwie furchteinflößend waren, zollte man ihnen stets den allergrößten Respekt. Kein Fuchs hatte es je gewagt, sich an ihnen zu vergreifen.

Unterdessen schickte das herannahende Unwetter bereits die ersten kleinen Regentropfen zur Erde, und auch die Launen des Windes ließen nichts Gutes erahnen. Von alledem unbeeindruckt, schlenderte eine alte graue Katze vorbei und hielt direkt auf ein riesiges Fahrzeug zu, welches in der Nähe des Bauernhauses geparkt war. Es war ein wahres Ungetüm von einem Bus, mit verbeulter Karosserie und einer höchst merkwürdigen Lackierung. Beide Seiten des Vehikels waren mit der Abbildung prall gefüllter Bücherregale versehen. Jeweils darüber stand in großen, markanten Lettern »BÜCHER AUF RÄDERN – SCARABEAS LEIHBIBLIOTHEK« geschrieben.

Der Besitzer des Gehöfts, Sven Grüneis, saß an einem langen Tisch im Zentrum seiner gemütlichen Wohnküche und freute sich fast ein Loch in den Bauch. Er hielt ein volles Sektglas in der einen Hand, mit der anderen schaukelte er sanft eine hölzerne Wiege.

»Auf euch, meine lieben Freunde. Auf euch und auf eure Rückkehr.« Er prostete einer bunt gekleideten Frau mit kurzen feuerroten Haaren sowie einem kleinen Mann mit einem gezwirbelten Schnurrbart zu. Die beiden hatten auf der anderen Seite des Tisches Platz genommen und grinsten wie zwei Honigkuchenpferde.

»Wie schön, dass ihr wieder da seid«, pflichtete Sara Grüneis ihrem Mann bei, setzte sich auf den Stuhl neben ihm und erhob ebenfalls ihr Glas.

»Cheers«, rief die rothaarige Frau und kraulte den Kopf eines fidelen Papageis, der so bunt war wie sie selbst und, auf ihrer linken Schulter sitzend, zärtlich an ihrem Ohrring knaubelte.

»Salute«, stimmte auch der Schnurrbartträger mit ein. Dann stießen alle vier miteinander an und widmeten sich dem prickelnden Getränk.

»Suffköppe«, zeterte der Papagei und schlug nun mit seinem krummen Schnabel gegen den Ohrring, als wäre er eine Boxbirne. »Schluckspechte. Trinknasen.« Er plusterte sich auf und legte den Kopf schief, als überlege er, ob ihm noch weitere Beschimpfungen einfallen würden.

»Sei nicht so streng mit uns, Dr. Jekyll«, kam ihm Scarabea von Maarstein zuvor und lachte erst leise, dann immer lauter, bis sie auch die anderen damit angesteckt hatte. Selbst der Ara gab schließlich ein zufriedenes Glucksen von sich.

Sven Grüneis musterte Scarabea mit unverhohlener Bewunderung und stellte zufrieden fest, dass sie sich überhaupt nicht verändert hatte. Sie war noch immer so schillernd und flippig, wie er sie in Erinnerung gehabt hatte. So voller Tatendrang und jugendlichem Elan, so charismatisch und lebensfroh, dass sie jedes

Herz im Sturm eroberte. Noch immer konnte er nicht glauben, dass sie schon neunundsechzig Jahre alt sein sollte.

Auch Borwin Wandelohe schien seit ihrem letzten Wiedersehen um keinen Tag gealtert zu sein. Im Gegenteil, er sah gesünder und frischer aus denn je. Offenbar war dem drallen Halbspanier seine Weltreise gut bekommen. Da werden wohl einige im Dorf aufatmen, dachte Sven. Denn Borwin besaß den einzigen Friseurladen im Ort, und er war bei seinen Kunden so beliebt, dass er selbst in den umliegenden Städten und Gemeinden als Geheimtipp galt. Besonders seine ansteckende Fröhlichkeit und seine lockere, aufgeschlossene Art hatten die Menschen vermisst.

»Kaum zu glauben, dass es bald ein Jahr her ist, seit wir hier das letzte Mal zusammensaßen«, sagte Borwin und strich sich über seinen schwarzen Schnurrbart.

Scarabea setzte den Papagei auf eine Sitzstange aus Kaffeeholz, die neben dem Tisch aufgebaut war. »Ja, die Zeit verging wirklich wie im Flug.« Sie befestigte einen Hirsekolben an dem Freisitz, und Dr. Jekyll beäugte ihn erst skeptisch, bedankte sich dann aber mit einem kurzen Pfeifen.

Sara Grüneis lächelte. »Wenn man wie ihr durch die Welt tingelt und von einem Abenteuer zum nächsten reist, ist das kein Wunder. Doch hier auf dem Land ticken die Uhren um einiges langsamer.«

Da tauchte unter dem Tisch ein zotteliger Hund auf und legte seinen klobigen Schädel auf Saras Schoß. »Na, Krümel, willst du noch ein Leckerli?«, fragte sie, stand auf und marschierte in eine andere Ecke des Raumes. Der Hund folgte ihr auf dem Fuß.

»Im Ernst, wir haben schon ziemlich oft an euch gedacht«, griff Sven Grüneis den Faden wieder auf. »Besonders an dich, Scarabea.« Ein sorgenvoller Ausdruck huschte über sein junges Gesicht. »Von Borwin haben wir ja ab und zu eine Postkarte erhalten. Nur von dir kein einziges Wort.« Der Versuch, es nicht wie eine Anschuldigung klingen zu lassen, scheiterte kläglich.

»Tut mir leid«, sagte Scarabea und biss sich schuldbewusst auf die Unterlippe. »Ihr wisst doch, wie schreibfaul ich bin.«

Sven Grüneis verschränkte die Arme. »Nun, dafür erwarten

wir jetzt einen ausführlichen Bericht.« Er lockerte seine Haltung wieder und zwinkerte ihr freundlich zu. »Los, erzähl schon, wo bist du gewesen, und was hast du alles erlebt?«

Scarabea schob den grünen Bambusarmreif an ihrem linken Handgelenk in Richtung Ellenbogen, wodurch auf ihrer hellen Haut ein kleiner tätowierter Drache zum Vorschein kam. »Och, ich habe es erst mal ganz ruhig angehen lassen. Bin eine Weile mit dem Bus gen Süden gefahren und habe hier und da ein paar literarische Kostbarkeiten aufgegabelt. Dann war ich eine Zeit lang als ›Clown ohne Grenzen‹ in Afghanistan, habe meinen Sohn in Hongkong und meine Tochter in Kuala Lumpur besucht und zwischendurch noch einen kurzen Abstecher nach Lappland gemacht.«

Sven war sprachlos. So viel erlebten andere Menschen nicht in dreißig Jahren.

»Wieso denn ausgerechnet Lappland?«, wollte Borwin Wandelohe wissen.

Scarabea tadelte ihn mit einem strengen Blick. Offenbar hielt sie die Frage für reichlich dumm. »Na, um Rentiere zu streicheln. Wozu denn sonst.«

Borwin kicherte. »Das kann auch nur dir einfallen, du verrückte Nudel, du.« In dem Moment schrillte ein Küchenwecker, und Borwin wieselte zum Herd. Er war ein leidenschaftlicher Hobbykoch und hatte es sich auch diesmal nicht nehmen lassen, seine Freunde zu beköstigen. Schon vor seiner Reise war es zur Gewohnheit geworden, dass er in der Grüneis'schen Wohnküche regelmäßig die leckersten Gerichte auf den Tisch zauberte – ein weiterer Punkt auf der Liste der Dinge, die Sven vermisst hatte.

Es war tatsächlich eine Freude, zu sehen, wie anmutig der rundliche Halbspanier durch den großen Raum wirbelte. Geschwind schnappte er sich zwei Topflappen und zog einen großen Römertopf aus dem Ofen. Der Duft nach gebratenem Fleisch, vermischt mit dem Aroma von Knoblauch und wilden Kräutern, war nun so intensiv, dass Sven bereits das Wasser im Mund zusammenlief.

»Das hört sich nach einer sehr abenteuerlichen Zeit an«, wandte er sich wieder Scarabea zu. »Wir erwarten natürlich Details.«

Doch Scarabea schien gerade andere Pläne zu haben. Sie stand auf, ging um den Tisch und trat an die Wiege heran. »Ihr wart aber auch nicht gerade untätig«, wisperte sie mit einem schelmischen Lächeln. Sie beugte sich hinunter und betrachtete das niedliche Baby, das in eine weiche Decke gehüllt war und friedlich schlummerte.

Svens Augen leuchteten wie zwei Nebelscheinwerfer. »Ja, es ging auf einmal ganz schnell. Im Januar haben wir geheiratet, und im Februar kam Lotta zur Welt.«

»Was für ein schöner Name«, freute sich Scarabea. »Ich finde, sie ist dir wie aus dem Gesicht geschnitten.« Damit klopfte sie Sven anerkennend auf die Schulter. Zurück auf ihrem Platz, verzog sie jedoch die Lippen zu einem Schmollmund. »Schade, dass ich eure Hochzeit verpasst habe. Da wäre ich wirklich gern dabei gewesen.«

»Es war bloß die standesamtliche Trauung«, sagte Sara, die nun Servietten und Besteck brachte, um den Tisch einzudecken. »Wir planen, noch einmal kirchlich zu heiraten, wenn Lotta etwas älter und aus dem Gröbsten raus ist.«

Scarabeas düstere Miene verschwand augenblicklich. »Au ja, so eine richtig tolle Bauernhochzeit mit allem Tamtam. Wenn ihr möchtet, übernehme ich die Planung der Feierlichkeit. Ich wollte schon immer einmal Weddingplaner sein.«

»Und ich kümmere mich um die kulinarische Ausgestaltung«, rief Borwin, der vier dampfende Teller heranschleppte. »Natürlich inklusive der Hochzeitstorte.«

Sven griff nach einer Serviette und befestigte sie am Ausschnitt seines karierten Hemdes. »Ui, das sieht aber lecker aus«, sagte er und hielt schon das Besteck in den Händen. »Sind das etwa Wachteln?«

Borwin grinste. Dann breitete er die Arme aus und sagte mit der überschwänglichen Begeisterung eines Zirkusdirektors: »Nein. Das, meine lieben Freunde, sind gebratene Schnepfen.«

Alle beäugten nun neugierig das goldbraun geröstete Geflügel, das auf den ersten Blick tatsächlich an Wachteln erinnerte.

Sven löste eines der Schlegelchen heraus und biss herzhaft hinein. »Mhmm, lecker«, sagte er schmatzend.

Die anderen taten es ihm gleich, und für eine Weile erfüllte eine gefräßige Stille den Raum.

»Was gibt es sonst noch Neues in Hummelstich?«, fragte Scarabea, nachdem sie ihren ersten Appetit gestillt hatte.

Sven, der noch zu sehr in die Schwelgerei vertieft war, warf seiner Frau einen kurzen Blick zu.

Sara wischte sich die Finger ab und trank einen Schluck Wein. »Die Heinemanns haben das Wirtshaus übernommen, und die freie Pfarrstelle wurde mit einer jungen Pastorin besetzt«, erzählte sie. »Der Apotheker Carl Feigenbaum und seine Frau Frieda haben sich scheiden lassen, und Frieda lebt jetzt mit Ferdinand Ruhe zusammen. Und der Hummelstichler Landfrauenverein feiert nächste Woche sein fünfundzwanzigjähriges Jubiläum.«

Scarabea machte ein interessiertes Gesicht. »Ach, kann man da Mitglied werden?«

»Ist das dein Ernst?«, fragte Borwin verwundert. »Du ausgeflipptes Huhn willst dich einem Verein anschließen?«

»Ja«, sagte Scarabea, als wäre es die normalste Sache der Welt. »Ich habe Lust, eine Landpomeranze zu sein.« Vergnügt beobachtete sie, wie sich die anderen über ihren Wunsch amüsierten.

»Was macht eigentlich die Kriminalstatistik?«, wechselte sie schließlich das Thema und sah Sven an, der nämlich nicht nur Landwirt, sondern auch der einzige Polizist im Dorf war. »Irgendwelche Morde oder sonstige Kapitalverbrechen, während ich weg war?«

Sven schluckte hastig einen großen Bissen Fleisch hinunter. »Zum Glück nicht«, sagte er. »Im letzten Monat hatten wir einen Fall von Mundraub, und hin und wieder gab es mal einen Nachbarschaftsstreit.«

»Na ja«, meinte Scarabea. »Kleinvieh macht ja bekanntlich auch Mist.«

Ein kräftiger Windstoß fegte ums Haus und stieß die angelehnte Verandatür auf. Sofort erloschen auf dem Tisch mehrere Kerzen. Sara sprang hoch, durchquerte den Raum und verriegelte rasch die Tür. Dann kramte sie eine Schachtel Streichhölzer aus einer Schublade und entzündete die Kerzen erneut.

Nachdem auch die letzte Schnepfe vertilgt war, servierte Borwin kleine Himbeertartelettes und kredenzte dazu selbst gemachten spanischen Orangenlikör. Die vier Freunde prosteten sich ein weiteres Mal zu und schmatzten um die Wette.

»Borwin, du hast dich wieder einmal selbst übertroffen«, sagte Sven und strich sich über den vollen Bauch. »Vielleicht solltest du deine Schere an den Nagel hängen und dich als Koch selbstständig machen.«

Borwin schüttelte den Kopf. »Nein, dafür liebe ich meinen Beruf zu sehr. Die Kocherei ist doch mehr ein Hobby. Allerdings plane ich, noch in diesem Jahr ein Kochbuch zu veröffentlichen.«

Scarabea hielt ihm strahlend ihr leeres Likörgläschen unter die Nase. »Das ist ja großartig. Sicher fließen die Erfahrungen deiner langen Reise da mit hinein.«

»Ja, es soll so etwas wie ein Weltatlas für exotische Gerichte werden. Ein Einblick in die Küchen und Kochtöpfe fremder Länder.« Mit verträumtem Blick schenkte er Likör nach. »Ach, es war so inspirierend. Diese vielen neuen Gerüche und Geschmäcke. Die unbekannten Zutaten. Die Farben. Die Leidenschaft, die uns Köche auf der ganzen Welt verbindet.«

»Auf die Leidenschaft!«, rief Sven, dessen Wangen einen rosigen Farbton angenommen hatten. »Auf die Liebe und das Leben.«

Sie lachten und ließen die Gläser klirren.

Mittlerweile hatte sich draußen der Sturm in ein tobendes Unwetter verwandelt. Es blitzte und donnerte, und der Regen prasselte gegen die Fensterscheiben. In der Grüneis'schen Küche war es jedoch so warm und behaglich, dass niemand groß Notiz davon nahm. Auch das schmutzige Geschirr, das sich auf den Arbeitsflächen und in der Spüle stapelte, fand in diesem Moment keinerlei Beachtung. Zu sehr waren alle in die Freude ihres Wiedersehens vertieft.

Sie erzählten, tranken und lachten. Borwin zeigte Bilder von seiner Reise, Scarabea streute hier und da einen Schwank aus ihrer bewegten Vergangenheit ein, und Sara kuschelte sich an Svens Schulter. Krümel lag zusammengerollt in seinem Hundekorb, und Dr. Jekyll saß auf dem Rand der Wiege, wo er leise Mozarts

»Kleine Nachtmusik« trällerte. Hin und wieder fielen ihm selbst die Augen zu. Die Glückseligkeit, die den Raum durchzog, war beinahe greifbar.

Sven Grüneis seufzte leise und schaute dankbar in die Runde. Wie sehr hatte er diesen Tag herbeigesehnt. Nun waren sie endlich wieder vereint.

Wenn der Sensenmann dreimal klingelt

Scarabea genoss die Gesellschaft ihrer Freunde in vollen Zügen. Sie lauschte ihren Stimmen, lachte über ihre neckischen Anekdoten und freute sich über das Glitzern in ihren Augen. Dabei fiel ihr auf, dass Svens Augen am stärksten leuchteten. Auch schien ihr der junge Mann aufgeschlossener und gereifter als noch vor einem Jahr zu sein, was sicher zum großen Teil Saras Verdienst war. Die beiden wirkten wie ein sehr glückliches Paar. Und Borwin war eben Borwin. Quirlig, rund und einfach unverbesserlich.

Scarabea atmete tief ein, als könnte sie das Glück auf diese Weise in sich aufsaugen. In all den Jahren, in denen sie nun schon durch die Welt streifte, hatte sie heute zum ersten Mal wirklich das Gefühl, nach Hause gekommen zu sein.

Sie spürte aber auch, dass ihre Freunde ihr die plötzliche Landflucht nicht so ganz abkauften. Dabei hatte sie das mit dem Beitritt zum Landfrauenverein total ernst gemeint. Nach den aufregenden Abenteuern der letzten Monate sehnte sie sich nach einer ruhigen und friedlichen Auszeit. Das harmonische Landleben war jetzt genau das Richtige für sie.

Da ihr Häuschen, das sich unweit der Dorfkirche befand, in einem bedauernswerten Zustand war, hatte sie beschlossen, es von Grund auf renovieren zu lassen. Sara und Sven hatten ihr daraufhin vorgeschlagen, so lange bei ihnen zu wohnen, und ihr ein geräumiges Zimmer zur Verfügung gestellt. Dieses Angebot wusste Scarabea sehr zu schätzen und hatte es unter der Bedingung, in Haus und Hof mit anpacken zu können, dankend angenommen. Es war schließlich das Mindeste, dass sie ihren beiden jungen Freunden ein wenig zur Hand ging.

Im Geiste legte sie bereits eine Liste mit all den Dingen an, die sie in nächster Zeit unbedingt tun wollte. Darunter waren so vollkommen unspektakuläre Betätigungen wie Blumen gießen, Kühe melken, durch Felder und Wiesen streifen, im Heu baden, Traktor fahren und Bücher lesen.

Die Musik war längst verklungen, die Kerzen heruntergebrannt und der Orangenlikör bis auf den letzten Tropfen ausgetrunken. Draußen zeichnete sich bereits ein dünner violetter Streifen am Himmel ab und kündigte die nahende Morgendämmerung an. Das Unwetter hatte sich beruhigt, und auch die vier Freunde, die noch immer um den Küchentisch herum saßen, zeigten erste Anzeichen von Müdigkeit. Bevor sich jedoch auch nur ein Einziger in Richtung seines Bettes verabschieden konnte, läutete es unvermittelt an der Eingangstür.

»Nanu, wer mag das denn sein?«, fragte Sven.

Schon klingelte es erneut. Krümel hob träge den Kopf und blinzelte schläfrig. Obwohl er noch ein sehr junger Rüde war, schien er kein besonders enthusiastischer Wachhund zu sein. Dr. Jekyll und die kleine Lotta schliefen weiterhin tief und fest.

Sven marschierte hinaus in Richtung der Eingangstür und kehrte nach nur wenigen Augenblicken mit einem schlaksigen und völlig durchnässten Bauern zurück, dessen schlammige Gummistiefel hässliche braune Abdrücke auf dem hellen Küchenboden hinterließen. Er schien etwa in Svens Alter zu sein, doch machte er den Eindruck eines zutiefst verstörten und niedergeschlagenen Mannes. Sein leicht gebeugter Gang und seine bekümmerte Miene verrieten seine Seelenpein.

»Schimanski hat's erwischt«, murmelte er und ließ sich mit ausdruckslosem Blick auf einen freien Stuhl fallen. »Er wurde vom Blitz getroffen.«

Sara holte ein großes Handtuch, das sie dem triefenden Bauern reichte. »Mein Gott, wie furchtbar.«

Während sich der Mann notdürftig trocknete, machte sich im Raum Betroffenheit breit. Scarabea hatte mal einen Bericht über Blitzschlag gelesen und wusste, dass Erste Hilfe in diesem Fall sinnlos war. Soweit sie sich erinnerte, hatte das noch niemand überlebt.

»Warum hast du ihn denn, als das Gewitter losging, nicht in den Stall geholt?«, wollte Sven wissen.

Der Bauer schnäuzte kräftig in das Handtuch. »Weil ich Hornochse die ganze Zeit durch die Gegend gefahren bin.«

»Hattet ihr wieder Streit?«, fragte Sara.

Der Bauer nickte. »Ich weiß, das ist keine Entschuldigung, doch ich war so sehr in Gedanken. Als ich vorhin zur Weide kam, da lag er da und …«

Sven legte ihm in einer freundschaftlichen Geste die Hand auf die Schulter. »Bist du sicher, dass er tot ist?«

»Ja, sein Kopf war völlig versengt. Es war ein grässlicher Anblick.«

Aus einem unscheinbaren Pappkarton zauberte Borwin eine Flasche Cognac hervor, füllte etwas in ein Glas und stellte es vor dem unglücklichen Mann ab. Der blickte erst ein wenig skeptisch, dann leerte er es in einem Zug.

»Ich glaub, ich nehm mir 'nen Strick«, murmelte er schließlich und sah in das leere Glas, als hoffte er, darin einen Orakelspruch zu finden.

»Das machst du ganz bestimmt nicht«, sagte Sven. »Es gibt für alles eine Lösung.«

Der Bauer schüttelte den Kopf. »Mir kann keiner helfen. Meine Ehe ist ein Desaster. Von unserer finanziellen Situation ganz zu schweigen. Schimanskis Sperma hat uns gerade so über Wasser gehalten. Doch nun sind wir endgültig ruiniert.«

Sven straffte die Schultern. »Komm, Henrik, es hilft nicht, jetzt im Selbstmitleid zu ertrinken. Sind die anderen Rinder unverletzt?«

Der Bauer nickte.

»Dann werden sie jetzt einen warmen, sauberen Stall brauchen.« Er stand auf. »Also, lass uns gehen.«

»Soll ich mitkommen?«, fragte Sara.

»Nein, Schatz. Bleib du bei unserer Tochter. Schimanski kannst du eh nicht mehr helfen.« Er küsste Sara auf die Stirn und verließ mit dem deprimierten Bauern auf den Fersen das Haus.

»Den jungen Mann kenne ich gar nicht«, sagte Scarabea. »Und wer, bitte schön, ist Schimanski?«

»Schimanski ist ein Zuchtbulle«, klärte Sara sie auf. »Er hat jede Menge Prämien und Preise eingefahren und war der ganze Stolz der Butterblums. Also zumindest von Henrik Butterblum, der gerade hier war. Seine Frau Marie hat sich nicht so sehr um die Rinderzucht gekümmert. Ihre Interessen sind allgemein sehr verschieden. Dabei sollten sie wirklich langsam mal an einem Strang ziehen, immerhin werden sie demnächst Eltern.«

»Verstehe«, murmelte Scarabea.

»Möchtet ihr auch einen Schluck Cognac?«, fragte Borwin, der sich selbst gerade ein Gläschen eingeschenkt hatte. Die beiden Frauen winkten ab.

»Nein danke, lass mal. Es wird Zeit, ein wenig Ordnung in das Chaos zu bringen.« Sara deutete auf die Berge an schmutzigem Geschirr. Doch ehe sie sich dem Schlachtfeld widmen konnte, vibrierte ihr Handy, das neben einer ordentlichen Ansammlung leerer Weinflaschen auf dem Küchentisch lag.

»Grüneis«, meldete sie sich. »Was? Koko ist von der Stange gefallen?«

Scarabea warf ihr einen erschrockenen Blick zu. Was hatte das nun wieder zu bedeuten?

»Atmet sie noch?«, fragte Sara in ihr Telefon. »Okay, lass alles, wie es ist. Ich komme vorbei.«

Sie legte auf und stemmte die Hände in die Hüften. »Einem Kanarienvogel geht es schlecht«, erklärte sie, und Scarabea fiel wieder ein, dass Sara ja Tierärztin war. »Kannst du bitte kurz auf Lotta aufpassen? Ich bin gleich wieder da.«

»Natürlich, kein Problem«, sagte Scarabea. »Mach dir keine Gedanken.«

Sara nickte ihr dankbar zu und verschwand nun ebenfalls von der Bildfläche.

»Hier geht es ja drunter und drüber«, meinte Borwin und zwirbelte seinen Schnurrbart.

Scarabea rang sich ein Lächeln ab. »Ich glaube, ich nehme doch einen Schluck.« Postwendend hielt sie ein volles Cognacglas in der Hand, das sie genüsslich leerte.

»So ist's brav«, lobte Borwin. Draußen krähte ein Hahn.

Für eine Weile standen sie vor Lottas Wiege und schauten verzückt auf den friedlich schlafenden, pausbäckigen Säugling hinab. Dann krempelten sie die Ärmel hoch und machten sich gemeinsam daran, die Spuren des nächtlichen Gelages zu beseitigen. Während Scarabea den schlammbesudelten Boden wischte, bestückte Borwin die Spülmaschine, setzte Kaffee auf und bereitete im Handumdrehen ein herrliches Frühstück zu. Ein Dutzend Spiegeleier brutzelte vergnügt in der Pfanne, und die ersten Sonnenstrahlen fielen durchs Fenster, da kehrte Sara zurück.

»Oh, hier glänzt ja alles«, staunte sie. »Und wie das duftet. Ihr seid wirklich die Besten.«

»Wie geht es Koko?«, fragte Scarabea.

Sara schüttelte traurig den Kopf. »Leider konnte ich nichts mehr für sie tun.«

Sie setzten sich an den Tisch und stärkten sich mit Kaffee, Eiern und Marmeladentoast. Nach etwa einer halben Stunde trat Sven durch die Tür. Er wirkte müde und erschöpft, und seine Hände waren so schmutzig, als hätte er tagelang in der Erde gewühlt. Angesichts des einladenden Anblicks, den die Küche nun bot, heiterte sich seine Miene jedoch schlagartig auf. Er ging zum Spülbecken, wusch sich den Dreck ab und gesellte sich zu seinen Freunden.

Kurz darauf klingelte es erneut an der Haustür. Borwin und Scarabea wechselten fragende Blicke. Was mochte wohl die nächste Hiobsbotschaft sein?

Da stürmte auch schon die aufgeregte Metzgergattin Brunhilde Meuselböck herein. Scarabea erkannte sie sofort an den riesigen gelben Lockenwicklern in ihren Haaren und an der monströsen Brille, die schief auf ihrer dünnen Nase saß.

»Habt ihr es schon gehört?«, fragte Frau Meuselböck und ließ, ohne eine Antwort abzuwarten, die Bombe platzen. »Dirty Harry ist tot in seiner Wohnung aufgefunden worden.« Sie blickte gehetzt von einem zum anderen und ruderte wild mit den Armen, so als würde sie gleich den Verstand verlieren.

Scarabea grübelte. Dirty Harry? Um was für ein Tier mochte es sich diesmal handeln? Vielleicht um ein Hausschwein? Obwohl Schweine ja sehr reinliche Tiere waren und der Name deshalb völlig unpassend gewesen wäre. Dann vielleicht was Exotisches. Ein Stinktier oder so.

»Langsam, langsam«, sagte Sara und bugsierte Frau Meuselböck in Richtung des Küchentisches. »Was genau ist denn passiert?«

Brunhilde Meuselböck sank auf einen freien Stuhl und holte

tief Luft. »Also, ich hab es von der Heidi, und die hat es von der Erna. Deren Cousine, die Sieglinde, geht doch alle vierzehn Tage bei Dirty Harry putzen. Obwohl sie eigentlich viel öfter kommen müsste, sagt sie. Es muss wohl ein richtiger Saustall sein. Na ja, als sie jedenfalls heute Morgen in die Hornzche kam, da soll er mausetot in seinem Bett gelegen haben. Und splitterfasernackt noch dazu.«

»Das überrascht mich nicht«, sagte Sven trocken. »Bei seinem Lebenswandel.«

Scarabea schaute fragend von einem zum anderen. Langsam beschlich sie der Verdacht, dass es diesmal um die Gattung Homo sapiens ging.

»Sein richtiger Name ist Harald Stenz«, erklärte Borwin, dem Scarabeas Grübelei aufgefallen war. »Aber alle nennen ihn Dirty Harry, weil er ein alter Schürzenjäger ist und alles flachlegt, was sich nicht bis drei auf einen Baum retten kann. Skrupelloser hätte selbst Inspektor Callahan nicht sein können.«

Brunhilde Meuselböck nickte. »Treffend formuliert.«

»Klingt nach einem sehr unsympathischen Zeitgenossen«, meinte Scarabea.

Borwin kratzte sich am Kinn. »Man mag es kaum glauben, aber er hatte tatsächlich seine Bewunderer.«

»Von seinen Verehrerinnen mal ganz zu schweigen«, ergänzte Frau Meuselböck.

Sven verschränkte die Arme. »Das sieht dem alten Flöhahn ähnlich. Dass er beim Horizontaltango den Löffel abgibt.«

»Wurde ein Arzt verständigt?«, fragte Sara.

Frau Meuselböck zuckte mit den Schultern. »Das weiß ich nicht. Sieglinde hat jedenfalls erst mal Fersengeld gezahlt und ist zu ihrer Cousine Erna gegangen. Sie stand mächtig unter Schock.«

»Dann werde ich gleich mal hingehen und mir den Schlamassel ansehen«, sagte Sven und wandte sich an Scarabea. »Ich weiß, wir haben alle noch kein Auge zugemacht, aber möchtest du mich vielleicht begleiten?« Der bittende Unterton war nicht zu überhören.

Scarabea seufzte schwer. So hatte sie sich das nicht vorgestellt. Sie wollte sich ausruhen. Die dörfliche Idylle genießen. Und jetzt ging das schon wieder los. Schimanski, Koko und Dirty Harry. Ob der Schnitter vielleicht irgendwo Treuepunkte bekam, wenn er gleich mehrmals die Sense schwang? Oder einen Rabatt nach dem Motto: drei für zwei? Jedenfalls hatte er in dieser Nacht wirklich ganze Arbeit geleistet.

»Scarabea?«, fragte Sven und riss sie aus ihren Gedanken. »Kommst du mit?« Erneut war da diese unterschwellige Bitte in seiner Stimme.

Scarabea nickte, stand auf und zog sich ihre Jacke über.

Harmonisches Landleben? Kühe melken? Traktor fahren? Von wegen!

Schon wieder hatte ihr das Schicksal eine Leiche vor die Nase gesetzt. Wenn es da mal nicht um Mord ging.

Viererlei Spuren

Im Kopf des jungen Dorfpolizisten machte sich nun ebenfalls eine gewisse Vorahnung breit. Zumindest beschlich ihn, während sie zusammen mit dem Hausmeister die Stufen zu Dirty Harrys Wohnung hinaufgingen, ein seltsam mulmiges Gefühl; eines, das er sehr gut zu kennen glaubte. Es kroch ihm direkt die Beine hinauf, drang in die Magengegend vor und kletterte die Speiseröhre hoch, wo es ein unangenehmes Sodbrennen verursachte.

Doch dieses Mal hatte Sven beschlossen, stark zu sein. Was immer auch passieren mochte. Das war er sich und Scarabea schuldig. Denn als sie im letzten Jahr gemeinsam ein ermordetes Ehepaar gefunden hatten, war er nicht gerade durch Stärke und Tapferkeit aufgefallen. Im Gegenteil, sein ganzer Heldenmut war damals wie ein Kartenhaus in sich zusammengeklappt. Die Situation hatte ihn, der bis dahin Verbrechen nur aus Lehrbüchern und Wildwestschmonzetten gekannt hatte, völlig überfordert, und die Aufklärung des Falles war einzig und allein an Scarabea hängen geblieben. Doch diesmal würde er nicht so schnell klein beigeben. Diesmal würde er beweisen, dass er seinen Aufgaben als Dorfsheriff gewachsen war. Grünschnabel ade.

Derart beschwingt von seiner Entschlossenheit, nahm er gleich zwei Stufen auf einmal. Vor der Wohnungstür angelangt, straffte er die Schultern, atmete tief ein und spürte augenblicklich, wie das Sodbrennen verschwand. Der Hausmeister zog derweil einen dicken Schlüsselbund aus seiner Hosentasche und schloss mit lautem Geklimper die Tür auf. Dann trat er einen Schritt zurück und sah Sven und Scarabea erwartungsvoll an.

»Danke«, sagte Sven. »Jetzt kommen wir allein zurecht.«

Der Hausmeister nickte kurz, wandte ihnen den Rücken zu und ging davon.

Schon hatte Sven einen Fuß über die Türschwelle gesetzt und war, dicht gefolgt von Scarabea, in einen großen, lichtdurchfluteten Raum gelangt, der sowohl Wohnzimmer als auch Esszimmer und Küche beinhaltete. Das Erste, was ihm auffiel, war der intensive Geruch nach Moschus, Sandelholz und etwas Drittem, das er nicht so recht definieren konnte. Er warf den Kopf in den Nacken, stellte sich auf die Zehenspitzen und schnupperte wie ein Kaninchen, das einen unsichtbaren Feind wittert.

»Der Hauch des Todes«, meinte Scarabea, die ihn aus den Augenwinkeln beobachtet hatte, und Sven erschauerte. Tatsächlich erinnerte ihn der merkwürdige Gestank an einige frühere Situationen, in denen er den Kadaver eines Tieres gefunden hatte. War Stenz etwa schon so lange tot, dass er bereits verweste? Sven rümpfte angewidert die Nase und stapfte zu einem der hohen, gardinenlosen Fenster, um Frischluft hereinzulassen.

»Du willst den Knauf doch wohl nicht ohne Handschuhe anfassen«, hörte er Scarabea sagen, als er eben dies tun wollte. Sie selbst trug bereits welche aus weinrotem Leder, und er hatte gar nicht bemerkt, wie sie sich diese angezogen hatte.

»Das ist ein potenzieller Tatort«, fuhr sie fort. »Wir wollen doch Spuren sichern und nicht selbst welche hinterlassen.«

»Ähm ...«, stammelte Sven und merkte, dass er rot anlief. Daran hatte er in all dem Trubel überhaupt nicht gedacht. Zwar besaß er ein Paar eingeschweißter Einweghandschuhe, die für genau so eine Situation vorgesehen waren, doch die waren gerade sicher und trocken in der Schublade seines Dienstschreibtisches verstaut.

»Herrje«, murmelte Scarabea, schob ihn unsanft zur Seite und machte selbst das Fenster auf. Dann kramte sie aus ihrer voluminösen Handtasche ein weiteres Paar Handschuhe hervor. Sie waren aus dünnem weißem Stoff gefertigt und sahen aus, als würden sie zur Ausstattung eines Butlers oder Archivars gehören. Damit wedelte sie Sven vor der Nase herum und wartete mit angespannter Haltung, bis er seine Pranken hineinzwängt hatte.

Sven stöhnte. Die Dinger waren ihm mindestens drei Nummern zu klein. Er versuchte, das unangenehme Engegefühl zu ignorieren, und tat es Scarabea gleich, die nun bereits durch den Raum wanderte, um sich umzusehen.

Erst jetzt bemerkte Sven das Chaos, das überall herrschte. Es sah jedoch nicht nach einem Einbruch oder einer mutwilligen Verwüstung aus, sondern eher nach einer recht schlampigen Haushaltsführung. Brunhildes Bekannte, die alle zwei Wochen zum Putzen herkam, hatte recht gehabt. Dies war tatsächlich ein Saustall.

Sven überflog die Landschaft aus achtlos hingeworfener Kleidung, Essensresten und Rotweinneigen. Der Mülleimer war bis zur Grenze vollgestopft und sah aus, als würde er gleich detonieren. In der Spüle stapelte sich schmutziges Geschirr, mehrere leere Sektflaschen kullerten auf dem Boden vor dem Sofa herum, und auf dem niedrigen Couchtisch gammelte ein angebissenes Stück Pizza vor sich hin. Zweifellos kam der faulige Geruch von hier.

»Nicht gerade sehr einladend«, meinte Scarabea, und auch Sven fragte sich, wie Stenz es wohl geschafft hatte, dass seine Eroberungen angesichts dieser Unordnung nicht gleich wieder Reißaus genommen hatten.

Sie ließen das Chaos hinter sich und gingen durch eine geöffnete Tür, die sie in ein angrenzendes Zimmer führte. Dieses machte auf den ersten Blick zwar einen wesentlich gepflegteren Eindruck, wenngleich einem bei näherer Betrachtung die zwielichtige Atmosphäre wie ein schaler Geschmack im Mund nachhing. Lag es an der dunkelroten Seidentapete und den violetten Vorhängen, die den Raum in ein diffuses, schummriges Licht tauchten? An dem markanten, eindringlichen Geruch, der an einen brünstigen Moschusochsen erinnerte? Oder doch eher an den zahlreichen nackten Frauenkörpern, die auf Fotografien die Wände zierten und als Statuetten im gesamten Zimmer verteilt waren?

Sven musterte gebannt eine Gruppe dieser barbusigen Grazien, die sich an den Händen hielten und einen fröhlichen Ringelrein tanzten.

Scarabea indes wieselte zum Fenster und zog rasch die Vorhänge auf, sodass die Sonnenstrahlen das Herzstück der Lasterhöhle beleuchteten. Dort, genau in der Mitte des Raumes, stand ein großes, rundes Bett, das mit einem flauschigen Laken mit Leopardenmuster bezogen war. Mehrere kleine Kissen im gleichen Design flankierten den nackten Körper eines Mannes, der rücklings auf dem Bett lag und bei dem es sich zweifellos um Dirty Harry handelte. Der dunkelbraune Lockenkopf war unverkennbar. In einer perfekt symmetrischen Haltung hatte er die Arme und Beine so weit ausgestreckt, dass seine Sohlen und Fingerspitzen exakt den Rand des Bettes berührten. Er sah aus wie Leonardo da Vincis vitruvianischer Mensch.

Doch auch dieser Fakt schafft es nicht, von der augenscheinlichen Sündhaftigkeit des Ortes abzulenken, dachte Sven, der gerade eine Sammlung farbenfroher Spitzenschlüpfer registrierte, die wie Trophäen an einer verchromten Kleiderstange baumelten.

»Hier sieht es ja aus wie im Puff«, führte Scarabea seinen Gedanken zu Ende, und Sven fragte sich, woher um alles in der Welt sie dieses Wissen nahm.

»Je oller, je doller«, plapperte er leichtfertig vor sich hin.

»Ts, ts«, machte Scarabea und schüttelte lächelnd den Kopf.

Sven trat näher an das Bett heran und betrachtete den nackten, reglosen Körper. Die Haut war nahezu makellos und von jener marmornen Blässe, wie sie allgemein als aristokratisch empfunden wird. An den Oberarmen, den Oberschenkeln und der Brust zeichneten sich die Konturen knackiger Muskelstränge ab. Dafür, dass Dirty Harry stramm auf die sechzig zugegangen war, war er noch ziemlich gut in Schuss gewesen. Sein durchtrainierter Körper wirkte beinahe hart, als hätte ihn ein Bildhauer gerade aus einem Steinblock gemeißelt. Ohne Frage passte er gut in diese Umgebung. Er war, wenn man so wollte, der Höhepunkt dieses frivolen Arrangements von Skulpturnackedeien.

Sven ging noch einen weiteren Schritt nach vorn, sodass sein rechtes Bein fast eines der leopardgemusterten Kissen berührte, und beugte sich über den Kopf des Mannes. Die hellgrünen Augen waren weit geöffnet und trugen selbst jetzt noch einen Ausdruck der Lüsternheit in sich. Ansonsten wirkten Dirty Harrys Gesichtszüge ungemein friedlich und entspannt.

Sven folgte den Augen, die geradewegs an die Zimmerdecke starrten, wo ein riesiger, rechteckiger Spiegel befestigt war. Zu seiner großen Überraschung erblickte er darin aber nicht nur das Abbild der Leiche, sondern auch eine Reihe roter Buchstaben, die sich zu dem Wort »Schweinehund« zusammenfügten. Es war diagonal über den ganzen Spiegel geschrieben, und die kühne, geschwungene Handschrift glänzte in einem bezaubernden Kirschrot. Vermutlich Lippenstift, dachte Sven und sah wieder zu Dirty Harry hinab.

»Hm, das wird er wohl kaum selbst geschrieben haben«, murmelte er vor sich hin.

»Wahnsinn. Bist du da ganz allein drauf gekommen?«, neckte ihn Scarabea.

Sven ignorierte sie und wendete sich stattdessen einem niedrigen, schwarz lackierten Möbelstück zu, das offenbar als Nachtschränkchen diente. Mit hoch konzentrierter Miene zog er ein kleines Schubfach auf, das er kurz durchstöberte und aus dem er einen in braunes Leder gebundenen Terminkalender fischte. Geschwind blätterte er durch die Seiten, bis er am gestrigen Tag angelangt war. Auf den blassgrauen Linien war nur ein einziger Eintrag verzeichnet. Dreimal der gleiche Buchstabe. »ZZZ«.

Sven kratzte sich am Kopf. Was sollte denn das bitte bedeuten? Darauf konnte er sich nun wirklich keinen Reim machen. Darüber würde er später noch nachdenken müssen. Er packte den Kalender in eine durchsichtige Beweistüte und steckte diese in die Innentasche seiner Jacke. Als Nächstes visierte er einen ziselierten grauen Papierkorb an, der in einer Ecke neben einem künstlichen Ficus sein Dasein fristete. Daraus förderte er eine Handvoll Papierschnipsel zutage, die er ebenfalls in einer Tüte verstaute. Papierkörbe und Mülleimer waren aus kriminologischer Sicht wahre Goldgruben. Das wusste er aus Erfahrung.

Dann drehte er sich wieder zu Scarabea um, die noch immer die Leiche in Augenschein nahm. Sie war so dicht über Dirty Harrys Körper gebeugt, dass es aussah, als würde sie ihn mit ihrem Röntgenblick durchleuchten. So verharrte sie eine ganze Weile, bis sie schließlich in ihre Handtasche griff und ihr Smartphone herausholte. Damit fotografierte sie die Leiche und vergaß auch nicht, einige Aufnahmen vom Zimmer und vom Spiegel zu machen.

Anschließend betastete sie den linken Arm des Toten. »Die Leichenstarre ist schon vollständig ausgebildet«, sagte sie. »Und die Leichenflecken sind auch schon gut zu erkennen.«

Sven schluckte einen dicken Kloß im Hals hinunter und beobachtete voller Bewunderung, wie Scarabea ihre Inspektion fortsetzte.

»Aha«, machte sie plötzlich. Sven sah sie erwartungsvoll an.

Sie zupfte etwas von dem Leolaken ab, und erst als er näher kam, konnte er erkennen, dass es sich dabei um ein Haar handelte. Es war sehr lang und, wie es schien, von platinblonder Farbe.

»Tüte«, sagte Scarabea im gleichen Tonfall, wie ein Chefchirurg bei einer OP nach einem Tupfer verlangt.

Sven, der keinen Streit vom Zaun brechen wollte, fügte sich in die Rolle des Assistenten und reichte ihr ein leeres Spusi-Beutelchen. Dann schaute er erneut in den Spiegel an der Decke, wo der Schriftzug wie ein morbides Etikett anmutete. Hatte Dirty Harry tatsächlich bloß einen tödlichen Horizontaltango getanzt? So langsam bekam Sven doch Zweifel. Er zog sein Handy aus der Tasche. Mal sehen, was sein Vorgesetzter dazu zu sagen hatte.

Das Fünf-Minuten-Urteil

Kriminalhauptkommissar Kurt Pfeiffer fackelte nicht lange. Das tat er nie, wenn er im Außendienst war, egal an welchem Tag in der Woche, und er hatte auch nicht vor, seine Gewohnheiten an diesem Dienstagmorgen zu ändern. Denn sah man den Tatsachen einmal ins Gesicht, dann musste man unweigerlich zu dem Schluss kommen, dass die Welt da draußen hässlich und gemein war. Überall lauerten Gefahren, die einem, sei es in Form von heimtückischen Bazillen, herabfallenden Dachziegeln oder hinterlistigen Strolchen, den Garaus machen wollten. Da musste man schon tierisch auf der Hut sein.

Deshalb plante Pfeiffer immer drei Schritte im Voraus und hielt sich, so gut es ging, von möglichen Gefahrenquellen fern. Am liebsten wäre er gar nicht aus dem Haus gegangen.

Sven Grüneis' Anruf hatte ihn gegen neun Uhr dreißig auf dem stillen Örtchen des Kommissariats in Bad Frankenhausen ereilt, wo er seine allmorgendliche Sitzung mit einem abgegriffenen Rätselheft und einem Magazin über veganes Kochen zu begehen pflegte. Er war gerade in ein ganz außergewöhnliches Hummusrezept vertieft, als ihn der unbarmherzige Klingelton seines Handys aus seinem lukullischen Tagtraum riss. Pfeiffer fluchte leise vor sich hin und sehnte sich insgeheim nach der guten alten Zeit zurück, in der drahtlose Kommunikationsmittel nichts weiter als rappelköpfige Hirngespinste waren.

Widerwillig drückte er die grüne Annahmetaste – und während er Sven Grüneis' knapper Schilderung folgte, erreichte seine Laune endgültig den Nullpunkt. Nicht schon wieder dieses blutrünstige Hummelstich! Das Nest wurde ja langsam zur Plage. Erst im vergangenen Jahr hatte es dort einen unschönen Vorfall gegeben, bei dem die Wirtsleute des Dorfes barbarisch abgeschlachtet worden waren. Schon allein der Gedanke daran ließ die Übelkeit wie ein hässliches Untier in seinen Eingeweiden rumoren.

Und dabei hätte es ein so schöner Tag werden können. Ein

Tag voller Papierkram, frisch gespitzter Bleistifte und knusprig gerösteter Grünkernbratlinge. Doch nun belästigte ihn dieses naive Landei Grüneis schon wieder mit einer Leiche. Zum Kuckuck aber auch!

Missmutig klappte Pfeiffer den kulinarischen Ratgeber zu, beendete sein Geschäft und verließ mit griesgrämiger Miene seine Arbeitsstelle. Selbst die Aussicht, mit seinem nagelneuen Dienstwagen durch die Gegend zu gondeln, konnte ihn nicht aufheitern, wusste er doch, dass die meisten Menschen im Straßenverkehr zu Schaden kamen. Der Tod lauerte eben an jeder Ecke.

Mit der Geschmeidigkeit eines Roboters lenkte er das Auto die gewundene Landstraße entlang und stieß, als er das Ortseingangsschild von Hummelstich passierte, ein lang gezogenes Seufzen aus. Dieses gemeingefährliche Huckel-Buckel-Pflaster würde er selbst mit geschlossenen Augen wiedererkennen. Wie man da durchgeschüttelt wurde. Das konnte doch bestimmt nicht gut für die Wirbelsäule sein.

Nach gefühlten zehn Kilometern Holperpiste lief ihm der erste Eingeborene dieses kauzigen Landstrichs über den Weg. Es war der Apotheker Carl Feigenbaum, dem er, da dieser ihn einst von einem schweren Hämorridenleiden befreit hatte, zu Dank verpflichtet war. Da er zudem wusste, dass Feigenbaum mangels anderer Mediziner als omnipotente Instanz im Dorf galt und über die nützliche Befähigung verfügte, Totenscheine auszustellen, fackelte er nicht lange und bat ihn um seine Begleitung.

Kurz darauf betraten sie gemeinsam die Wohnung von Harald Stenz, wo Sven Grüneis sie aufgeregt erwartete. »Der Tote befindet sich im Schlafzimmer«, sagte er mit einem Enthusiasmus, als würde er ein goldenes Zeitalter verkünden.

Kurt Pfeiffer, dem ein ekelerregender Geruch aufgefallen war, wurde ganz grün im Gesicht. Es roch eindeutig nach verwesendem Fleisch. Widerlich.

Er sah sich grimmig um und presste einen Ärmel vor die Nase. Da bemerkte er, dass hinter Sven Grüneis eine kleine rothaarige Frau stand. Pfeiffer erkannte sie sofort. Das war doch diese verrückte Xanthippe, die ihm schon vor einem Jahr den letzten Nerv geraubt hatte. Die mit dem komischen Namen. Tabea oder so was.

Bevor er sich jedoch weiter mit der Frage, was diese anmaßende Person schon wieder bei einer polizeilichen Untersuchung verloren hatte, beschäftigen konnte, erregte etwas ganz anderes seine Aufmerksamkeit. Höchst irritiert musterte er die weißen Stoffhandschuhe, die an Sven Grüneis' Händen seltsam deplatziert wirkten.

»Was soll denn die Aufmachung?«, fragte er. »Sie leiden doch nicht etwa an irgend so einer schrecklichen Hautkrankheit?«

»Akute Dermatitis«, murmelte Scarabea, bevor Sven auch nur ein Wort sagen konnte. Mit hochgezogener Augenbraue und einem Zwinkern in Richtung des Apothekers fügte sie hinzu: »Hoch ansteckend.«

Der Kommissar ging gleich drei Schritte zurück, sodass er beinahe in einen Aschenbecher voller Zigarettenkippen getreten wäre, der achtlos auf dem Fußboden stand. »Fassen Sie hier bloß nichts an«, keuchte er und wedelte mit den Armen. »Und kommen Sie mir ja nicht zu nahe.«

Sven, der noch immer nicht wusste, wie ihm geschah, blickte hilfesuchend zu Scarabea. Sie blinzelte ihm schelmisch zu, und er konnte sehen, dass sie sich alle Mühe gab, um nicht laut loszulachen.

»Bitte hier entlang«, sagte sie schließlich und führte den bleichgesichtigen Kommissar samt Gefolgschaft in das Schlafzimmer.

Dort lag ein unbekleideter toter Mann auf einem runden Bett. Pfeiffer ließ seinen Blick kurz über den nackten Leichnam wandern, was eigentlich schon wieder viel zu viel für ihn als eingefleischten Veganer war. Er fühlte sich, als hätte man ihn durch die Mangel geleiert. Es kam ihm vor, als ob die ruhige Kugel, die er tagein und tagaus schob, urplötzlich in einen spielwütigen Flipperautomaten geraten war. Er wollte nichts weiter, als schleunigst von hier verschwinden. Zum Glück schien der Tote äußerlich unversehrt zu sein. Die Chancen auf eine natürliche Todesursache standen also nicht schlecht.

»Sieht mir eindeutig nach einem plötzlichen Herztod aus«, verkündete der Apotheker, nachdem er die Leiche kurz begutachtet hatte. »Um seine Pumpe stand es ja eh nicht zum Besten. Hatte seit mehreren Jahren einen Herzschrittmacher und musste Betablocker einnehmen. Wahrscheinlich hat er sich bei einem seiner vielen amourösen Abenteuer überanstrengt und bumm – Exitus.«

Er zog ein Formular aus der Tasche und markierte das Kästchen, das mit »natürlicher Tod« beschrieben war, mit einem dicken Kreuz.

Pfeiffer atmete erleichtert auf. Dieser Feigenbaum war ein echter Goldjunge. Damit war die Sache gegessen. Er war raus. Gedanklich biss er bereits in seine Grünkernbuletten.

»Und der Todeszeitpunkt?«, fragte Sven Grüneis, der breitbeinig und mit verschränkten Armen im Raum stand.

Pfeiffer schaute ihn verärgert an. Was nahm sich der Frischling hier bloß heraus? Bisher war er noch nie durch ein so vorlautes Benehmen aufgefallen. Das musste der Einfluss dieser penetranten Rothaarigen sein.

Carl Feigenbaum war noch immer über das Formular gebeugt, das er emsig bekritzelte. »So Pi mal Daumen, würde ich sagen, ist er seit zwölf Stunden tot.«

»Aha«, sagte Sven und sah zu Scarabea, die sich dezent im Hintergrund gehalten hatte. Nun trat sie jedoch ein paar Schritte vor und räusperte sich. »Sie wollen die Leiche also nicht obduzieren lassen?«

Die Augen des Kommissars verengten sich zu Schlitzen. »Ich möchte jetzt erst einmal wissen, was Sie hier überhaupt zu suchen haben.«

»Ich habe sie gebeten, mitzukommen.«

Schon wieder der Frischling. Dieser selbstsichere Ton. Dieser aufsässige Blick.

»Das wird ja immer schöner. Jetzt laden wir also schon Außenstehende zu polizeiinternen Angelegenheiten ein. Ist das hier vielleicht ein Wochenmarkt, wo jeder herumspazieren kann, wie er will? Oder wollten Sie hier ein Kaffeekränzchen veranstalten?«

»Weder noch. Aber ein Paar Augen und vor allem«, er streckte seine Finger wie eine wiedererwachte, amoklaufende Mumie aus, »ein Paar Hände mehr können ja nicht schaden.«

Pfeiffer rümpfte angewidert die Nase. »Sie sollten zum Arzt gehen und sich krankschreiben lassen. Mit so etwas ist nicht zu spaßen. Am Ende stecken Sie noch jemanden damit an.«

»Also keine Obduktion?«, wiederholte Scarabea ihre Frage.

Der Kommissar unterstrich seinen Unmut mit einem Schnauben. »Ich wüsste nicht, wie ein natürlicher Herztod eine Obduktion rechtfertigen könnte. Und jetzt Schluss damit. Es werden schon genug Steuergelder verschwendet.«

»Aber was ist mit der Schrift auf dem Spiegel?«, warf Sven Grüneis ein und zeigte zur Zimmerdecke.

Pfeiffer versuchte die Tatsache, dass ihm bislang weder der Spiegel noch die Schmiererei aufgefallen war, mit einem gequälten Lächeln zu überspielen. »Pillepalle. Dieser Mann hat doch offensichtlich ein Lotterleben geführt. Schauen Sie sich nur um. Überall dieser Schweinkram und dieses Muschebubu. Wahrscheinlich hat ihn das Geschmiere bei seinen Spielchen noch angetörnt.«

»Und im Papierkorb habe ich einen ganzen Haufen Papierschnipsel gefunden«, startete Sven einen neuerlichen Versuch. »Vielleicht sollten wir sie zusammensetzen und …«

»Mein Gott, Grüneis, immer diese Fissemadentchen«, fuhr Pfeiffer ungeduldig dazwischen. »Schnipsel im Papierkorb sind doch etwas völlig Normales. Wir können doch nicht aus jeder Mücke einen Elefanten machen.« Er sah Sven tadelnd an. »Nicht bei jeder Leiche handelt es sich um Mord. Schreiben Sie sich das hinter die Ohren, klar?«

Sven, der nun abwechselnd blass und rot wurde, ballte die Hände zu Fäusten und wippte unruhig auf und ab. Man konnte ihm ansehen, wie schwer es ihm fiel, die Fassung zu bewahren.

»Von mir aus suchen Sie nach der Frau, mit der Stenz letzte Nacht zusammen war«, sagte Pfeiffer, während er den fertig ausgefüllten Totenschein entgegennahm. »Doch mehr als unterlassene Hilfeleistung wird man hier nicht herausholen können.«

Er drückte Sven den Schein in die Hand und nickte kurz dem Apotheker zu, woraufhin sich beide der Tür zuwandten. Auf dem Absatz machte er jedoch noch einmal kehrt und bellte Sven eine letzte Anweisung zu.

»Hören Sie auf, überall Mord und Totschlag zu wittern. Kümmern Sie sich lieber darum, dass der Leichnam abtransportiert wird. Sonst wird es hier bald noch mehr stinken.«

Ein selbstgefälliges, schadenfrohes Grinsen huschte über sein Gesicht.

Sechs hysterische Frauen

Sven Grüneis steckte die Hände in die Hosentaschen und schaute schmollend dem metallicgrünen Leichenwagen hinterher. So sehr er es auch versuchte, es gelang ihm nicht, seine Niedergeschlagenheit zu verbergen. Er wollte sich beweisen, wollte zeigen, dass er als Polizist etwas taugte, und dazu brauchte er einen Fall. Doch mit einem Vorgesetzten, der wie ein Dampfsterilisator jeden Mordverdacht im Keim erstickte, alles abwiegelte und zu den Akten legte, kam man nicht weit.

Dabei war es nicht so, dass Kurt Pfeiffer die Anzeichen für eine Straftat nicht sehen konnte. Er wollte sie nicht sehen – und Sven glaubte auch, den Grund dafür zu kennen. Sein Vorgesetzter scheute die Auseinandersetzung mit dem Tod wie ein alter Droschkengaul den Abdecker. Er war ein als Spürhund getarnter Bürohengst, der sich verbissen an seine Formulare klammerte, und auch die grauen Schläfen halfen ihm nicht über diese Tatsache hinweg. Auf einem Verwaltungsposten wäre er sicher eine Granate gewesen. Wie man es mit dieser Einstellung aber überhaupt zum Kriminalhauptkommissar schaffen konnte, blieb Sven ein Rätsel.

Widerwillig bemühte er sich, die verkorkste Situation zu akzeptieren. Doch konnte er diese Vertuschung wirklich hinnehmen? Machte er sich damit nicht zum Handlanger eines potenziellen Straftäters? Er kickte einen kleinen Stein beiseite. Wenn das so weiterging, würde er noch selbst ein Verbrechen verüben müssen.

»Kopf hoch«, riss ihn Scarabeas Stimme aus seinen trüben Gedanken. Sie saß auf der ausgetretenen Steintreppe vor dem Haus, das sie soeben verlassen hatten. Anders als Sven wirkte sie jedoch so ausgelassen und unbeschwert wie eh und je.

Er setzte sich zu ihr und fühlte sich gleich besser. Ihre Anwesenheit war wie Balsam für seine Seele.

Scarabea umfasste ihre angewinkelten Beine und schaukelte sich sanft hin und her. »Da wären wir also wieder. Du, der unbekannte Mörder und ich. Ha, klingt fast wie ein kitschiger Groschenroman. Untertitel: Eine kriminalistische Ménage-à-trois.«

»Ich hasse Dreiecksbeziehungen«, murmelte Sven. »Doch ich gebe dir vollkommen recht.«

»Wenn das kein heimtückischer Mord war, fresse ich einen Besen. Von wegen natürlicher Tod.« Scarabea lachte bitter.

»Dann werden wir also heimlich ermitteln?«, fragte Sven und spürte ein erfrischendes Prickeln auf seiner Haut. Der Gedanke gefiel ihm.

Scarabea sah ihn verständnislos an. »Wie kommst du denn auf so was? Wir werden selbstverständlich Nachforschungen anstellen, doch das ganz offenkundig und für jedermann sichtbar. Einer muss doch hier mal das Zepter in die Hand nehmen.«

»Und wenn Pfeiffer dahinterkommt?«, meinte Sven.

»Dann schieben wir alles auf mein fortgeschrittenes Alter und auf mein Autoritätsproblem. Der Kommissar hat mich doch eh auf dem Kieker.«

Sven rieb sich die Stirn. Scarabea wollte den Kopf für ihn hinhalten? Nein, das würde er nicht zulassen. »Vergiss es«, sagte er mit einer Sicherheit, die ihn selbst überraschte. »Ich bin hier der Polizist im Dorf. Und wenn wir auffliegen, werde ich auch die Verantwortung übernehmen. Also los, finden wir heraus, was mit Dirty Harry geschehen ist.«

Sie überquerten die Straße und steuerten als Erstes auf eine kleine Eisdiele zu, die nur einen Steinwurf entfernt war. Eine junge Frau hatte gerade Tische und Stühle nach draußen geschafft und war nun dabei, diese mit bunten Blumenväschen und karierten Kissen zu dekorieren. Als sie Sven erblickte, hielt sie inne.

»Dann ist es also wahr, was erzählt wird?«, fragte sie. »Dirty Harry ist wirklich … tot?«

Sven seufzte. Wenn doch nur alles so schnell und reibungslos funktionieren würde wie der Buschfunk. Er nickte. »Ja.«

»Wie ist das denn passiert?« Die Stimme der Frau überschlug sich fast.

Sven verschränkte die Arme. »Dazu kann ich nichts sagen. Dienstgeheimnis, du verstehst?«

Die Frau ließ die Schultern hängen und wandte den Kopf ab. Waren da etwa Tränen in ihren Augen? Nach einem kurzen Moment der Stille wischte sie sich mit dem Ärmel übers Gesicht und schien sich wieder auf ihr Geschäft zu besinnen. »Wollt ihr vielleicht ein Eis essen?«

»Prima Idee«, fand Scarabea, und so nahmen sie auf den gelben Plastikstühlen Platz, gaben ihre Bestellung auf und warteten, bis die junge Frau wieder im Inneren der Eisdiele verschwunden war.

»Sie nimmt es ganz schön schwer«, sagte Scarabea.

Sven schüttelte verständnislos den Kopf. »Keine Ahnung, was die Frauen an dem alten Hallodri gefunden haben. Nur eins ist klar: Ordnung und Sauberkeit werden es wohl nicht gewesen sein.«

»Vermutlich waren seine Qualitäten auf das Schlafzimmer beschränkt. Vielleicht ist er ja ein wahnsinnig leidenschaftlicher Liebhaber gewesen. Einer von der animalischen Sorte.«

»Oh bitte«, stöhnte Sven, und ein Ausdruck des Ekels huschte über sein Gesicht. »Können wir nicht lieber über sein Ableben sprechen? Zum Beispiel, wie der Mörder es wohl angestellt hat?«

Scarabea schmunzelte. »Na, das dürfte kein großes Problem gewesen sein.« Als Sven sie fragend ansah, fügte sie hinzu: »Einen herzkranken Menschen über die Klinge springen zu lassen, gehört nicht gerade zu den schwierigsten Dingen auf der Welt.«

Sven kratzte sich am Kopf. Er überlegte, ob Scarabea gerade aus Erfahrung sprach.

»Vielleicht hat ihn jemand zu Tode erschreckt«, schlug er vor, bekam dann aber selbst Zweifel an seiner Theorie. »Doch hätte sein Gesicht dann nicht stark verzerrt sein müssen?«

»Nicht notwendigerweise.« Scarabea biss sich auf die Unterlippe. »Hm, mir gehen diese merkwürdigen Male nicht aus dem Sinn.«

»Was denn für Male?«, fragte Sven, dem an der Leiche nichts dergleichen aufgefallen war.

Scarabea zog ihr Smartphone aus der Tasche, drückte einige Tasten und hielt es ihm unter die Nase. Auf der Innenseite von Stenz' nacktem Oberschenkel waren tatsächlich zwei kleine rote Punkte zu sehen. Scarabea zoomte das Bild näher heran, und Sven erkannte, dass die Male ein rotbräunliches Zentrum hatten und von einem porzellanweißen Wall umgeben waren. Sie erinnerten ihn an die Spuren eines Vampirbisses.

Er rutschte unruhig auf dem Stuhl hin und her. »Hätten wir es Pfeiffer zeigen sollen?«

Auf Scarabeas Stirn erschien eine tiefe Falte. »Hätte das etwas geändert?«

Sven schüttelte den Kopf. »Nein.« Er begann, an seinen Fingernägeln zu kauen. »Aber wieso hat Feigenbaum das nicht bemerkt?«

Scarabea verzog das Gesicht, als hätte sie in eine Zitrone gebissen. »Seine Leichenschau war alles andere als gründlich.« Sie seufzte. »Wenn ich daran denke, wie viele Totenscheine er pro Monat mit der gleichen Sorgfalt ausstellt, wird mir ganz schlecht. Kein Wunder, dass viele Verbrechen unentdeckt bleiben, wenn überall so herumgepfuscht wird.«

»Pfusch oder Absicht, das ist hier die Frage.«

Scarabea zog die Augenbrauen hoch. »Wie meinst du das?«

»Ich meine, dass Feigenbaum auch nicht gut auf Stenz zu sprechen war. Ich erinnere mich, dass es vor einigen Jahren mal eine handfeste Auseinandersetzung zwischen den beiden gegeben hat.« Sven konnte sich noch ganz genau entsinnen, wie die beiden im Wirtshaus »Zum Goldenen Lamm« aufeinander losgegangen waren. Der Apotheker hatte seine Faust erst in Dirty Harrys Magengrube, dann in dessen Gesicht geschleudert. Der alternde Dorfcasanova hatte dabei einige Zähne eingebüßt und sich anschließend mit einem nicht minder wirkungsvollen linken Haken revanchiert. Es war wie in einem Western gewesen.

»Wegen Frieda?«, fragte Scarabea.

»Ja«, antwortete Sven. »Feigenbaum dachte wohl, dass zwischen Stenz und ihr etwas lief. Keine Ahnung, ob da was dran war, ich meine, er war ja immer sehr eifersüchtig.«

»Na, sieh mal einer an. Dann gebührt dem Herrn Apotheker natürlich ein Platz auf unserer Liste.«

»Welche Liste?«

»Die Liste der Verdächtigen. Sven, du musst wirklich mehr Kriminalromane lesen.«

Sven nickte, glaubte jedoch nicht ernsthaft, dass die Lektüre von Büchern ihn zu einem erfahreneren Kriminalisten machen würde. Das würde wohl nur die Praxis schaffen.

Er sah auf seine Uhr. Seit ihrer Bestellung war bereits eine

Viertelstunde vergangen. Auch Scarabea schaute erwartungsvoll zum Eingang der Eisdiele. Doch von ihren Eisbechern war noch immer nichts zu sehen. Also holte Sven Dirty Harrys Terminkalender hervor, den er im Nachtschränkchen gefunden hatte. Er schlug den gestrigen Tag auf und reichte das Büchlein Scarabea.

»ZZZ«, las sie den Eintrag laut vor. »Hast du eine Idee, was das bedeuten soll?«

Sven tappte jedoch ebenso im Dunkeln. »Vielleicht eine Sekte oder ein Geheimbund«, rätselte er.

»Du meinst, so etwas wie der Ku-Klux-Klan?« Scarabea sah wenig überzeugt aus.

»Oder es ist etwas ganz Harmloses, wie Zimt, Zucker, Zwetschgenmus.«

Scarabea lachte. »Ich kann mir nicht vorstellen, dass Dirty Harry Pflaumenkuchen gebacken hat.«

»Dann eben Zucchini, Zwiebel, Zigeunersteak.«

»Kann es sein, dass dich ein kleines Hüngerchen plagt?«

»Verdammt. Du hast mich ertappt.«

Ein lautes Grummeln drang aus Svens Bauch, und wie auf ein Stichwort erschien die junge Frau, deren Augen nun stark gerötet waren. Mit leicht zitternder Hand balancierte sie ein silbernes Tablett, auf dem zwei große Erdbeereisbecher standen. Sie stellte die Leckerei auf dem Tisch ab und ging ohne ein weiteres Wort zu verlieren zurück ins Haus.

Während Sven sich wie ein ausgemergelter Eber über sein Eis hermachte, holte Scarabea erneut ihr Smartphone hervor und gab das ominöse Dreibuchstabenkürzel in eine Suchmaschine ein. Das Zentralkomitee der Zünfte Zürich und eine japanische Mädchen-Punkband erschienen ganz oben auf dem Display. Sie schloss beides instinktiv aus.

»Auf jeden Fall muss es sich um eine Abkürzung handeln«, stieß Sven, den Mund voll Eiscreme, mühsam hervor. Die Mischung aus Erdbeersoße, Sahne und bunten Zuckerstreuseln, die sich quer über sein Gesicht erstreckte, ließ ihn wie einen Clown auf einem Kindergeburtstag aussehen. »Vielleicht für einen Club oder Verein. Zum Beispiel … Zorros zornige Zechbrüder.« Das war natürlich vollkommen ins Blaue hineingeraten, doch Sven dachte, es sei einen Versuch wert. Er grübelte weiter, und seine Gedanken überschlugen sich in der gleichen Geschwindigkeit, wie er das Eis in sich hineinschaufelte.

»Zusammenschluss zänkischer Zotenreißer«, brabbelte er vor sich hin. Es wurde immer abstruser.

Scarabea, die sich mittlerweile auch ihrem Erdbeerbecher zugewandt hatte, steuerte nun ebenfalls etwas Wortakrobaten-Unsinn bei. »Zwanzig zaudernde Ziehharmonikaspieler!«, rief sie. Mit vollem Mund war das ein Zungenbrecher.

In Svens Clownsgesicht trat ein schelmischer Ausdruck. »Bei Stenz wohl eher zwölf zärtliche Zofen.«

»Zwerchfellerschütternd!«, feixte Scarabea und reichte Sven eine Serviette.

»Zynikerin!«

Auf diese Weise lachten und alberten sie noch eine ganze Weile herum. Noch ahnten sie nicht, was gleich passieren würde. Denn noch war alles friedlich. Doch es war bloß die Ruhe vor dem Sturm.

Sie schoben die leer geputzten, blitzblanken Eisbecher von sich und rieben sich die vollen Bäuche. Da tauchten zwei Frauen auf der Bildfläche auf. Die eine, klein und zierlich und mit strohblonden Locken, kam von rechts. Die andere, eine große schlanke Brünette, von links. Beide hielten einen Strauß roter Rosen in der Hand und gingen auf Dirty Harrys Haus zu. Als sie sich erblickten, bremsten sie ihre Schritte.

»Ojemine«, murmelte Sven, der bereits ahnte, welches Unwetter sich da zusammenbraute.

Die Blondgelockte entschied sich nun für eine abrupte Richtungsänderung und stolzierte mit hocherhobenem Haupt auf die Eisdiele zu. Sie donnerte die Blumen auf einen freien Tisch und ließ sich in einen Stuhl fallen. Die Brünette tat es ihr gleich, überquerte die Straße und setzte sich an ein drittes Tischchen.

Die junge Frau aus der Eisdiele kam heraus und betrachtete die neuen Gäste mit einer Mischung aus Abscheu und Verunsicherung. Ihr Kopf ging hin und her, als würde sie sich ein Tennisspiel ansehen.

Schon stöckelte eine weitere Frau auf halsbrecherisch hohen

Hacken daher, und ehe Sven und Scarabea sichs versahen, waren noch zwei andere Damen angerückt. Eine trug einen großen schwarzen Hut, die zweite hatte sich eine Louis-Vuitton-Tasche unter den Arm geklemmt, aus der ein knopfäugiger Pekinese herauslugte.

Scarabea, der es nur sehr selten die Sprache verschlug, war die Kinnlade heruntergefallen. Da muss irgendwo ein Nest sein, dachte sie.

»Das Gemüse könnt ihr euch sonst wohin stecken!«, rief die Stöckelnde. »Seht lieber zu, dass ihr Land gewinnt, ihr scheinheiliges Gesindel!«

Sowohl die Blonde als auch die Braunhaarige sprangen erbost auf und schwangen ihre Rosensträuße wie Keulen in die Luft.

»Wenn hier einer scheinheilig ist, dann ja wohl du«, kreischte der Lockenkopf.

Nur Sekunden später war das totale Chaos ausgebrochen. Die Blonde und die Brünette hieben mit ihren Blumen auf die Stöckelnde ein, die sich fauchend und schreiend mit einem Regenschirm zur Wehr setzte. Die mit dem Hund zankte sich mit der mit dem Hut, und die Frau aus der Eisdiele schnappte sich ein Väschen von einem Tisch, entfernte die Wiesenblumen und klatschte der Braunhaarigen das Blumenwasser ins Gesicht.

»Ich kratz euch die Augen aus!«, krakeelte Stöckel.

»Du falsche Schlange!«, rief Blondie.

»Er hat nur mich geliebt«, schrie die Protzhandtaschen-Trägerin, und der Pekinese kläffte, als wäre er der Hund von Baskerville persönlich.

»Ach ja, da hat er mir aber was anderes erzählt«, keifte Stöckel und schleuderte ihre schwarze Synthetikhandtasche wie einen Morgenstern um sich.

Die Hutträgerin packte sie bei den Haaren. »Das denkst du dir doch nur aus, du dusselige Kuh.«

Die ganze hässliche Szene erinnerte Scarabea an eine Schar aufgebrachter Gänse. Törichte Gänse waren das. Blind vor selbstzerstörerischer Liebe und mit so wenig Selbstachtung ausgestattet, dass sie nicht wahrhaben wollten, dass der alte Schwerenöter sie alle bloß ausgenutzt hatte. Wären sie ein bisschen besonnener und vor allem cleverer gewesen, hätten sie sich wohl besser verbündet.

»Aufhören mit dem Unsinn!«, brüllte Sven und sprang auf. »Sofort auseinander!« Er bemühte sich aus Leibeskräften, das Knäuel wütender Frauenarme zu entwirren. Als es ihm nicht gelang, steckte er zwei Finger in den Mund und ließ einen Pfiff ertönen, der durch Mark und Bein drang. Erschrocken ließen die Frauen voneinander ab und sahen ihn an.

»Jetzt werden wir alle schön zur Polizeidienststelle gehen und Ihre Personalien aufnehmen«, sagte er in einem Ton, als würde er einem begriffsstutzigen Kind den Weg erklären. »Und zwar ohne weitere Handgreiflichkeiten, wenn ich bitten darf.«

Nur äußerst widerwillig leisteten die streitsüchtigen Scharteken der polizeilichen Anweisung Folge.

Scarabea versuchte derweil, ihre Gedanken zu ordnen. Sie dachte an das lange platinblonde Haar, und ihr fiel auf, dass es zu keiner der Frauen passte. Also mussten sie wohl oder übel nach einer weiteren törichten Gans Ausschau halten. Es sei denn, das Haar stammte nicht von einer Verehrerin, sondern von jemandem, der ganz und gar nicht gut auf Stenz zu sprechen gewesen war. Diese Möglichkeit, dass das Haar dem Täter oder der Täterin gehörte, durften sie nicht außer Acht lassen. Auch waren da ja noch die roten Buchstaben auf dem Spiegel. Eine unüberlegte harmlose Schmiererei? Oder hatte gar der Mörder in einem Anflug von Leichtsinn seine Handschrift hinterlassen?

Scarabea blickte in den blauen Himmel, von dem eine Herde kleiner weißer Schäfchenwolken frech zu ihr herunterglotzte. Sie ahnte nicht, dass heute noch ein weiteres Verbrechen verübt werden würde, und die Ganoven waren mitten auf dem Grüneis'schen Bauernhof zu finden.

Das Zeichen der Sieben

Bill, der Anführer, saß auf dem höchsten Punkt des Misthaufens und krähte. Er streckte seinen hochrot geschwollenen Kamm gen Himmel und wartete auf das frohlockende Freudengeschrei seiner Fans. Doch statt Jubel, Beifall und Liebesbekundungen erntete er bloß belangloses Gegacker. Verdutzt blickte er hinunter. Die Hälfte seiner Anhängerschaft – Britney, Chantalle und Shania – balancierte gerade im Gänsemarsch eine schmale Holzlatte entlang. Dabei schwangen sie ihre gefiederten Hinterteile kokett hin und her, als würden sie auf einem imaginären Laufsteg entlangstolzieren. Man konnte fast meinen, sie wären einmal Teilnehmer bei »Germany's Next Topmodel« gewesen.

Die anderen drei – Shirley, Brandy und Cheyenne – hatten die Köpfe zusammengesteckt und tratschten wie ein Haufen alter Weiber auf dem Wochenmarkt.

Bill, der sich stets bemühte, seiner Rolle als Patriarch gerecht zu werden, rang nach Fassung und stieß einen noch lauteren Schrei aus. Dazu wedelte er derart heftig mit den Flügeln, dass der Mist nur so durch die Gegend flog. Shirley, Brandy und Cheyenne sahen überrascht zu ihm hoch, und Britney war so abrupt stehen geblieben, dass Chantalle und Shania ungebremst in sie hineinliefen. Es sah aus wie bei einem Auffahrunfall auf der Autobahn. Mit lautem Gezeter stieben die drei Karambolierten auseinander und wandten sich nun ebenfalls dem Komposthaufen zu.

Bill gluckste zufrieden. Endlich hatte er ihre volle Aufmerksamkeit. Er blickte sich kurz um und versicherte sich, dass niemand sie beobachtete. Denn was nun folgte, hätte das menschliche Auge nur allzu sehr in Erstaunen versetzt. Mit der charismatischen Autorität eines alten Mafiabosses scharte Bill seine Handlanger um sich. Das Geschehen erinnerte an eine Szene aus einem Al-Capone-Film, in der eine Gruppe dunkler Gestalten zusammenkam, um sich gegen die Konkurrenz zu verschwören.

Die siebenköpfige Bande plante tatsächlich ihren nächsten

großen Coup. Der Zeitpunkt war günstig. Wer wusste, wann sich wieder so eine Gelegenheit bot.

»Kikeriki!« Bill posaunte seine Anweisungen so laut über den Hof, dass sie vermutlich im ganzen Dorf zu hören waren. Obwohl es bereits Nachmittag war, störte sich niemand an dem tierischen Lärm. Bill krähte immer zu den unmöglichsten Zeiten, und irgendwann hatten die Menschen aufgehört, diesem sonderbaren Verhalten Beachtung zu schenken. Man hielt Hühner für einfältig und blöde. Doch das waren sie keineswegs.

Bill, Britney, Cheyenne, Shirley, Chantalle, Brandy und Shania waren zudem von einem besonders robusten und raffinierten Schlag. In ihrem recht kurzen Leben hatten sie bereits eine beachtliche Verbrecherkarriere hingelegt. Die Liste ihrer Missetaten war so lang wie das Verzeichnis bedrohter Tierarten. Allein im letzten halben Jahr waren sie in mehrere Schuppen, Ställe und Wohnhäuser eingebrochen, hatten einen Swimmingpool verunreinigt, sieben Armbanduhren entwendet, fünf Teeservices beschädigt, eine Geburtstagsfeier ruiniert, acht Gärten verwüstet und drei Meersauen zu Tode erschreckt.

Auch der Scheunenbrand bei Waneckes im vergangenen Herbst, für den fälschlicherweise die Nachbarjungens Paulchen und Max zur Rechenschaft gezogen worden waren, ging auf ihr Konto. Den glimmenden Zigarettenstummel in die Kiste mit Feuerwerkskörpern fallen zu lassen, war aber auch pipileicht gewesen. Überhaupt gelang es ihnen fast immer, ungesehen vom Tatort zu verschwinden, sodass die Geschädigten meist glaubten, Opfer von vagabundierenden Strolchen oder finsteren Kobolden geworden zu sein.

Nur einmal waren sie ertappt worden, wie sie gerade die Brotdose vom alten Walter stibitzen wollten. Diese hatte auf der grün getünchten Gartenbank gelegen und in solch einem verführerischen Pfirsichton geleuchtet, dass die *poules terribles* – die schrecklichen Hühner – nicht davon hatten ablassen können. Doch der alte Walter war schneller gewesen und hatte seine Tupperware mit einer Flinte verteidigt. Wäre nicht plötzlich Walters Frau Erna erschienen, hätte es am nächsten Tag mit Sicherheit Hühnersuppe gegeben. Trotzdem verschwand die Brotdose eines Tages wie auf wundersame Weise, und der alte Walter stürzte über eine leere Weinflasche und brach sich ein Bein.

Für den heutigen Streich hatte die geflügelte Terrorzelle das Grüneis'sche Bauernhaus ins Auge gefasst. Nun, da sowohl der Hund als auch sämtliche Zweibeiner ausgeflogen waren, schien der perfekte Moment gekommen zu sein. Die Luft war rein.

Bill gab das Zeichen zum Aufbruch. Sofort setzten sich die Hennen in Bewegung, erklommen die Veranda und bauten sich in Pyramidenform vor der verschlossenen Tür auf. Dabei bildeten die drei dicksten Glucken das Fundament, auf das sich zwei schmalere stellten, und die zierlichste kam obendrauf. Bill krächzte zufrieden. Diese mobile Hühnerleiter hatte sich schon des Öfteren als sehr nützlich erwiesen.

Mit ein paar großen Sprüngen bestieg er das wacklige Gebilde und konnte nun direkt durch das Schlüsselloch sehen. Jetzt waren er und seine Geheimwaffe an der Reihe. Bill verfügte nämlich über einen sehr langen und spitz zulaufenden Sporn, den er nicht nur zum Kämpfen, sondern auch als Dietrich verwenden konnte. Er streckte das Bein aus und schob den Sporn ins Schlüsselloch. Hoch konzentriert stocherte und rührte er so lange darin herum, bis er die richtige Stelle gefunden hatte. Es knackte im Schloss, und die Tür sprang auf.

Bill flatterte von der gefiederten Pyramide hinunter, die sich gleich darauf auflöste, und die sieben Ganovenhühner preschten wie ein Rudel angriffslustiger Bluthunde ins Haus hinein. Dort rannten sie eine Weile aufgeregt durch den großen, hellen Raum, in dem ein riesiger Holztisch und allerlei monströse Gerätschaften sowie diverse Koch- und Backutensilien standen. Es dauerte jedoch nicht lange, und Bill hatte die ersten Ziele ausfindig gemacht.

Flugs kletterte er auf den Tisch und dirigierte seine Untergebenen. Britney lotste er in eine Ecke des Raumes, wo sich ein großer geflochtener Hundekorb befand, in dem ein Kissen und ein bedauernswertes Gummihuhn lagen. Ohne viel Federlesens griff sie sich den elastischen Kautschuk-Artgenossen und wetzte damit zur Tür hinaus.

Derweil schnappten sich Shirley und Cheyenne einen Zwiebelzopf, Shania stibitzte einen Schneebesen, Chantalle einen Schlüssel mit einem schwarzen rechteckigen Anhänger und Brandy einen zierlichen goldglänzenden Ring, den Bill auf der Arbeitsfläche neben der Spüle entdeckt hatte. Er blickte ihnen nach, wie sie ebenfalls ins Freie und auf den Komposthaufen zustürzten. Dort vergruben sie stets ihre Beute. Es war ein geniales Versteck, auf das außer ihnen noch nie jemand gekommen war.

Nun machte sich Bill daran, mit seinem Sporn seine Unterschrift in die Tischplatte zu ritzen. Das Zeichen der Sieben – eine Mischung aus Bassschlüssel und Tic-Tac-Toe-Kästchen – war ihre Visitenkarte, die sie bei jedem Einbruch hinterließen.

»He, was machst du da?«

Bill fuhr herum. Wer war da? Waren die Zweibeiner etwa schon wieder zurück? Doch er konnte niemanden erkennen.

»Hier unten, du Flitzpiepe.«

Er trippelte an die Tischkante und beugte sich vor. Auf dem Fußboden hockte ein roter Papagei. Er hatte die Flügel merkwürdig angewinkelt und sah aus wie ein tierischer Zirkusdirektor, der empört die Hände in die Hüften gestemmt hatte.

»Sieh zu, dass du Land gewinnst«, schimpfte der Papagei. »Aber ganz schnell, mein Lieber. Sonst mach ich Frikassee aus dir.«

Bill war so perplex, dass er tatsächlich den Rückzug antrat. Er peste durch die offene Tür und blieb erst nach einigen Metern wieder stehen. Nun kam er sich jedoch wie ein erbärmlicher Feigling vor. Er kochte vor Zorn. Noch nie hatte jemand es gewagt, so mit ihm zu sprechen. Diese Respektlosigkeit würde der Paradiesvogel noch bitter bereuen. Dafür würde er Federn lassen müssen, so viel war klar. Nicht heute, aber irgendwann, wenn er am wenigsten damit rechnete, würde er es ihm heimzahlen. Bill ließ seinen Sporn wütend in die Erde sausen. Rache ist Blutwurst!

Das Nachtkonzert

Scarabea wälzte sich unruhig hin und her. Obwohl das Bett bequem und sie selbst hundemüde war, fand sie keine Ruhe. Sie war viel zu aufgewühlt, um zu schlafen. Schweißgebadet sah sie auf die Uhr. Es war fast Mitternacht. Die Arthritis in ihrem rechten Knie machte ihr heute mehr als sonst zu schaffen, und ihr Pulsschlag dröhnte ihr wie ein Presslufthammer in den Ohren. Erschöpft fächelte sie sich Luft zu. Schon den ganzen Tag hatte sie eine Hitzewallung nach der anderen überrannt. War es vielleicht möglich, dass es so etwas wie ein zweites Klimakterium gab? Wechseljahre 2.0? Das wäre ja nun wirklich nicht nötig. Oder hatte ihr Zustand vielmehr mit den aktuellen Ereignissen zu tun?

Es war schon sehr merkwürdig: Wann immer sie in diesem Dorf auftauchte, gab es Tote zu beklagen. Zwar war das bei dem Altersdurchschnitt der Bewohner eigentlich kein Wunder, und es wäre auch nicht weiter aufgefallen, wenn die Verstorbenen auf natürlichem Wege aus dem Leben geschieden wären. Doch das war vor einem Jahr nicht der Fall gewesen, und auch diesmal sah es nicht danach aus.

Die idyllische Fassade bröckelte gewaltig. Als ob sich die dunkle Seite des menschlichen Verhaltens ständig in Erinnerung rufen und ihre Unvermeidbarkeit demonstrieren wollte. Verbrechen und Abnormitäten drängelten sich wie picklige Teenager mit Aufmerksamkeitsdefizitsyndrom in den Vordergrund.

Ein leises Stöhnen drang vom Fußende des Bettes herauf. Dort lag Dr. Jekyll in eine Frotteedecke eingekuschelt.

»Putputput«, murmelte er im Schlaf und zuckte am ganzen Körper. Scarabea beugte sich vor und strich sanft über sein Gefieder. Der arme Kerl hyperventilierte fast.

»Putputput«, erklang es schon wieder. Was hatte das wohl zu bedeuten? Träumte Dr. Jekyll etwa von Hühnern? Sie summte eine beruhigende Melodie und spürte bald, wie sich der Ara entspannte. Wenn das doch nur auch bei ihr funktionieren würde.

Scarabea beschloss, einen Schluck von ihrem selbst gebrauten

Glückselixier zu nehmen. Das konnte Wunder bewirken und hatte schon so manche Schlaflosigkeit kuriert. Sie sah sich kurz in dem dunklen Zimmer um. Das kleine braune Medizinfläschchen bewahrte sie in ihrer Handtasche auf, doch die, so erinnerte sie sich jetzt, hatte sie in der Küche auf einen Stuhl gestellt.

Rasch schlüpfte sie in ihre Hausschuhe und zog ihren Bademantel an. Ohne auch nur einen einzigen Laut zu verursachen, schlich sie durch den Raum und stahl sich durch die Zimmertür. Auf Zehenspitzen wanderte sie den langen Flur entlang und passierte mehrere geschlossene Türen. Aus einer war ein entsetzlich nervtötendes Geräusch zu vernehmen. Es klang, als würde jemand mit einem Becher voller Reißzwecken gurgeln.

Scarabea standen die Haare zu Berge. Das musste Sven sein, und er schnarchte derart, dass sich die Holzbalken bogen. Es war schon erstaunlich, zu wie viel Dezibel ein einzelner Mann fähig war. Er schnarchte sogar lauter als die dreizehn bärtigen Russen, mit denen sie über die sieben Meere gesegelt war.

Sie ging in das Erdgeschoss hinunter, wobei sie sich am Treppengeländer entlangtastete, und steuerte auf die Küche zu. Natürlich hätte sie auch das Licht einschalten können, doch da sie niemanden wecken wollte und ihre Augen sich halbwegs an die Dunkelheit gewöhnt hatten, ließ sie es bleiben. Wie überrascht war sie jedoch, als sie die große Wohnküche beleuchtet und Sara am Tisch sitzend vorfand. Die kleine Lotta nuckelte friedlich an ihrer Brust. Sara jedoch machte ein zutiefst verzweifeltes Gesicht.

Scarabea, der noch immer Svens Schnarchen in den Ohren klang, verstand augenblicklich die Situation.

»So geht das jede Nacht«, seufzte Sara und rieb sich die vor Müdigkeit geschwollenen Augen. »Ich weiß nicht mehr, was ich noch machen soll. Ich warte darauf, dass es endlich halb fünf wird, der Wecker klingelt und er wieder in den Stall geht. Doch dann will Lotta meistens bespaßt werden.«

Scarabea setzte sich ihr gegenüber und griff nach ihrer Hand. Besorgt betrachtete sie die dunklen Augenringe im blassen Gesicht ihrer jungen Freundin. Sie war wirklich in einem bedauernswerten Zustand.

»Dabei ist das noch nicht einmal das Schlimmste.« Sara ließ

traurig die Schultern hängen und wirkte wie ein verstoßener Hundewelpe. »Scarabea, ich habe Mordgedanken.«

Für einen Moment suchte Scarabea nach den richtigen Worten. »Ich weiß«, sagte sie schließlich. »Das ist ganz normal. Mein verstorbener Mann, Friede seiner Asche, hat auch immer die ganze Nacht gesägt. Solche Gedanken hat jede Frau, die ihr Bett mit einem Schnarcher teilt.«

»Ich schäme mich aber dafür.«

»Glaub mir, mein Kind, das geht vorüber.«

Sara sah sie unsicher an. »Das Schnarchen oder die Mordgedanken?«

Scarabea schmunzelte. »Weder noch. Aber eines Tages wirst du die Aussicht, ihn im Schlaf zu erdrosseln, nicht mehr so abstoßend finden.«

»Das ist ja furchtbar!« Sara klang ehrlich erschüttert.

»Habt ihr denn schon mal über getrennte Schlafzimmer nachgedacht?«

Die Idee schien Sara überhaupt nicht zu gefallen. »Wir sind doch erst seit vier Monaten verheiratet. Wir wollen auf jeden Fall im selben Bett schlafen. Wir lieben uns doch.«

Scarabea seufzte. Der selbstverzehrende Liebeseifer der Jugend konnte ganz schön anstrengend sein. Zum Glück war sie selbst aus diesem Alter raus. »Dann dreh ihn auf die Seite«, schlug sie vor. »Stopf ihm ein Kissen unter den Kopf, am besten zwei. Oder noch besser, lehn ihn an eine Wand.«

»Damit wird er kaum einverstanden sein«, meinte Sara.

»Trotzdem, ich kann dir nur raten, etwas egoistischer zu sein. Du brauchst deinen Schlaf.«

»Ja, du hast ja recht.«

Erst jetzt bemerkte Scarabea ihre kobaltblaue Handtasche, die auf dem Stuhl neben ihr lag. Sie öffnete sie und zog das Fläschchen mit dem Glückselixier hervor. »Nimm einen Löffel davon, dann geht es dir gleich besser.«

»Was ist denn da drin?«

»Hauptsächlich grüner Tee, Lindenblüten und Gewürze.«

Sara nickte und legte Lotta, die nun fertig getrunken hatte, in ihre Wiege zurück. Scarabea angelte sich den Teelöffel aus der

Zuckerdose, die mitten auf dem Tisch stand. Sie träufelte etwas von dem Elixier auf den Löffel und reichte ihn ihrer Freundin.

»Ganz schön bitter. Dann muss es ja sehr gesund sein.«

Scarabea nahm sich auch einen Löffel voll. Es schmeckte definitiv nach Medizin.

»Vielleicht wurde ja Dirty Harry deshalb ermordet«, plapperte Sara schon etwas munterer vor sich hin, und Scarabea musste erst einmal überlegen, was sie eigentlich meinte.

»Weil er zu viel geschnarcht hat?«

Sara grinste. »Ist doch ein Eins-a-Mordmotiv. Findest du nicht?«

Sie sahen sich an und brachen in schallendes Gelächter aus.

»Stimmt«, kicherte Scarabea. »Das fällt eindeutig unter Mord im Affekt.«

Sie gackerten und alberten herum und malten sich den Gedanken in den buntesten Farben aus. In diesem Moment fühlten sie sich wie zwei gleichaltrige Freundinnen, die sich im Schullandheim nachts aus dem Schlafsaal geschlichen hatten, um in der Speisekammer Kuchen zu stibitzen. Von den fünfunddreißig Lebensjahren, die sie trennten, war nicht eine Sekunde übrig geblieben.

Plötzlich ließ sie ein lautes Räuspern erschrocken herumfahren. Sven stand im Türrahmen und sah sie mit verquollenen Augen an. »Könnt ihr mir bitte mal sagen, was ihr Quasselstrippen hier macht, so mitten in der Nacht?«

»Frauenkram!«, rief Sara und sah Scarabea verschwörerisch an.

»Seid ihr denn gar nicht müde? Vielleicht könntet ihr eure konspirativen Treffen tagsüber abhalten? Man kann ja überhaupt nicht schlafen bei dem Lärm, den ihr veranstaltet.«

Wieder prusteten die beiden Frauen los. Dann sprang Sara auf, ging zu ihrem Mann und schlang die Arme um seinen Hals. »Ich liebe dich trotzdem, du alter Brummbär.«

Als Scarabea wenig später wieder in ihrem Bett lag, hatte sie einen Entschluss gefasst. Sie würde sich die Idylle und Beschaulichkeit des Dorfes nicht kaputt machen lassen. Im Gegenteil, jetzt galt es, die Ärmel hochzukrempeln und Zuversicht zu zeigen. Wenn man die dunkle Seite besiegen wollte, musste man die Abgründe eben mit frischer Landerde füllen und obendrauf einen Baum pflanzen. Ja, sie würde ihre Pläne in die Tat umsetzen und ihre Liste dörflicher Betätigungen abarbeiten, koste es, was es wolle. Gleich morgen würde sie sich um eine Mitgliedschaft im örtlichen Landfrauenverein bemühen. Leichen und Mordermittlungen hin oder her.

Die neunschwänzige Katze

Es war kurz vor zehn, als Scarabea das niedrige schmiedeeiserne Gartentor öffnete und Gisela Maibachs Grundstück betrat. Die Vorsitzende des Landfrauenvereins bewohnte ein kleines, pittoreskes Fachwerkgebäude, das wie ein verwunschenes Hexenhaus inmitten eines üppig sprießenden Paradieses aus Kletterrosen, Begonienbeeten und Buchsbaumhecken stand. An der Eingangstür, die mit einem schönen geflochtenen Weidenkranz geschmückt war, klebte ein weißer Zettel.

»Bitte kommt in den Garten« war darauf zu lesen.

Scarabea ließ die Hand, die sie schon nach der Klingel ausgestreckt hatte, wieder sinken und marschierte um das Haus herum. Zwar war es eher unwahrscheinlich, dass die Einladung an sie gerichtet war, doch es gab keinen Grund, der Aufforderung nicht trotzdem Folge zu leisten.

Hinter dem Haus ging der schmale gepflasterte Weg in eine dichte Wiese über, auf der Löwenzahn, Klee und Gänseblümchen wie Pilze aus der Erde schossen. Schwer beladene Obstbäume säumten eine kleine Laube, die über und über mit Efeu bewachsen war. Eine Gruppe von Frauen saß darunter an einer langen gedeckten Tafel versammelt. Es roch nach Vanillecreme, Mandeln und Bohnenkaffee.

Was für ein zauberhafter Ort, dachte Scarabea. Hier finden die Kaffeekränzchen schon am Vormittag statt.

»Scarabea!«, rief eine ihr bekannte Stimme. Es war Brunhilde Meuselböck, die ihr freudig zuwinkte. »Das ist aber eine Überraschung!«

Auch Scarabea war erstaunt, die Frau des Metzgers hier anzutreffen. Normalerweise stand Brunhilde um diese Uhrzeit hinter dem Verkaufstresen der Metzgerei und brachte Wurst an den Mann. Das Geschäft schleifen zu lassen, sah ihr gar nicht ähnlich.

Die anderen Damen der illustren Runde, die ihre Gespräche abrupt unterbrochen hatten, kannte Scarabea nur vom Sehen.

»Guten Tag allerseits«, sagte sie fröhlich und klopfte dreimal auf den Tisch. »Ich möchte nicht stören.«

Gisela Maibach, die aufgestanden war, kam auf Scarabea zu und schüttelte ihr freundlich die Hand. »Bitte setzen Sie sich doch. Wie wäre es mit einer Tasse Kaffee und einem Stück Kuchen?«

Dagegen hatte Scarabea überhaupt nichts einzuwenden. »Danke, sehr gern.«

Schnell wurde ein Stuhl herangeschoben und Scarabea mit den anderen Gästen bekannt gemacht.

»Wir haben gerade festgestellt, dass wir in unserer Runde einen Enkelnotstand haben, und überlegen nun, was wir dagegen tun können«, plauderte eine fidele Mittfünfzigerin, die sich als Wally Rosenstock vorgestellt hatte.

»Haben Sie denn Enkelkinder?«, wollte Hanna Schäfer wissen. Wie alle anderen Frauen am Tisch schien auch sie das Klimakterium bereits hinter sich zu haben.

Scarabea lächelte, als die Gesichter von Wei, La und Huang vor ihrem inneren Auge auftauchten. »Ja, drei Stück. Einen Jungen und zwei Mädchen. Allerdings sehe ich sie nur sehr selten, denn sie leben sehr weit weg.«

»Genauso geht es mir auch!«, rief Elsa Kleinschmidt. »Meine wohnen in Wuppertal. Und das alles nur wegen dieser blöden Globalisierung.«

Scarabea nickte bloß, doch insgeheim dachte sie, dass auch Entfernung relativ zu betrachten war. Ihre Kinder und Enkel lebten in Malaysia und China. Dagegen war Wuppertal ein Klacks. Außerdem war Scarabea überzeugt, dass sie bloß körperlich weit voneinander entfernt waren. Auf der emotionalen und spirituellen Ebene waren sie untrennbar miteinander verbunden.

»Die heutige Zeit ist sowieso sehr familienunfreundlich«, meldete sich Linda Sichelkorn zu Wort und schwang demonstrativ ihre Kuchengabel in die Luft. »Früher, da heirateten die Kinder jemanden aus dem Dorf. Heute steht ihnen vermeintlich die ganze Welt offen – und was haben sie davon? Sie sitzen mit dreißig immer noch ledig und kinderlos da.«

Durch die Laube drang zustimmendes Gemurmel.

»Wenn ich sehe, wie wählerisch meine Klara ist«, sagte Greta Frühauf. »Man kann es auch übertreiben mit den hohen Ansprüchen. Dabei habe ich ihr schon so oft gesagt: Den perfekten Mann gibt es nicht.«

»Genau«, stimmte Erna Koslowski ihr zu. »Ich wette, dass selbst George Clooney Käsefüße hat und schnarcht.«

Alle lachten herzlich, und auch Scarabea, die sich noch nie für umschwärmte Hollywoodschauspieler hatte ereifern können, fiel mit ein.

»Bei den jungen Leuten ist mir zu viel Berechnung im Spiel«, führte Paula Zeisig die Diskussion fort. »Sie halten sich immer ein Türchen offen, weil sie glauben, dass vielleicht noch wer Besseres um die Ecke kommt. Bloß keine Chance verpassen. Und dann merken sie nicht, wie sie alt und grau dabei werden.«

Wally Rosenstock warf Scarabea einen neidischen Blick zu und seufzte. »Drei Enkel, hm? Sie Glückliche, davon kann unsereins nur träumen.«

Nun setzte eine peinliche Stille ein, und Scarabea beobachtete, wie einige der Frauen immer wieder erwartungsvoll zu Brunhilde Meuselböck schauten. Die Metzgergattin, die sich bislang nicht an der Debatte beteiligt hatte, räusperte sich schließlich. »Ähm, Scarabea, du warst doch gestern mit dem Sven bei Dirty Harry …«

Scarabea nickte. Sie hatte sich schon gefragt, wann man sie darauf ansprechen würde. Das Thema »Liebe in Zeiten des Internets« war anscheinend ausgeschöpft.

»Habt ihr schon herausgefunden, wieso der alte Stinker abgenibbelt ist?«, formulierte Brunhilde Meuselböck ihre Frage ganz ungeniert aus.

Nun waren alle Augen auf Scarabea gerichtet.

»Offiziell geht man von einem natürlichen Tod aus«, sagte sie und versuchte, dabei ein möglichst emotionsloses Gesicht zu machen.

»Was meinst du mit offiziell?«, hakte Brunhilde nach. »Woran ist er denn nun gestorben?«

Scarabea zuckte mit den Schultern. »Das weiß ich nicht. Die genaue Todesursache muss erst noch festgestellt werden.« Das entsprach ja im Prinzip auch der Wahrheit, doch weiter wollte sich Scarabea nicht in die Karten schauen lassen.

Brunhilde rückte ihre riesengroße Brille gerade. »Kriminalisierst du etwa wieder?«

Scarabea, die sich irgendwie ertappt fühlte, wurde feuerrot im Gesicht. »Ich? Wie kommst du denn darauf. Nein, nein, das soll mal schön der Sven machen.«

Elsa Kleinschmidt schaufelte sich Zucker in ihren Kaffee. »Meinen Sie, der schafft das? Der hat doch so gut wie gar keine Erfahrung.«

Scarabea warf ihr einen grimmigen Blick zu. »Wenn es einer schafft, dann der Sven. Da bin ich mir hundertprozentig sicher.«

Wally Rosenstock donnerte ihre Faust auf den Tisch. »Jedenfalls hat der alte Schweinehund endlich das gekriegt, was er verdient hat.«

Scarabea horchte auf und spürte, wie es in ihren Fingerspitzen kribbelte. Schweinehund? Konnte es Zufall sein, dass Wally Rosenstock das gleiche Wort benutzte, das auch auf dem großen Deckenspiegel in Dirty Harrys Schlafzimmer geschrieben stand?

»Aber Wally!«, rief Gisela. »Wenn du weiter so redest, denkt am Ende noch jemand, dass du etwas mit der Sache zu tun hast.«

Den Gedanken schien Wally unglaublich komisch zu finden, denn sie wieherte wie ein aufgeputschtes Zirkuspferd. Linda, Hanna und Elsa fielen fast augenblicklich in das Gelächter ein, und auch Greta und Paula konnten sich ein breites Grinsen nicht verkneifen. Nur Erna, Brunhilde und Gisela machten ein ernstes Gesicht.

»Ach, kommt schon!«, rief Wally ihnen zu. »Jetzt seid keine Spielverderber. Da lassen doch sicher so einige Leute die Sektkorken knallen.«

»Wer denn zum Beispiel?«, fragte Scarabea, die nun immer neugieriger wurde.

Wally spitzte die Lippen. »Na ja, für die eine oder andere seiner Verflossenen wird doch bestimmt etwas dabei herausspringen. Das hoffe ich jedenfalls für sie.«

»Hatte Dirty Harry denn eine Lebensversicherung abgeschlossen?«, wollte Linda wissen.

»Darauf kannst du Gift nehmen«, schnaubte Wally. »Würde mich nicht wundern, wenn der sich jedes seiner Körperteile hat einzeln vergolden lassen.«

»Auch sein Gemächt?«, fragte Greta und erntete prompt weiteres Gelächter und Gekicher.

Gisela Maibach funkelte wütend in die Runde. »Schluss mit dem Gegacker, ihr albernen Gänse. Hört gefälligst auf, euch wie sechzehnjährige Schulmädchen zu benehmen.«

Die Frauen verstummten augenblicklich. Es war unübersehbar, dass Gisela Maibach das Sagen hatte.

»Was hat Dirty Harry eigentlich beruflich gemacht?«, bohrte Scarabea weiter.

»Irgendwas mit Immobilien«, erklärte Gisela. »Ihm gehörten verschiedene Grundstücke im Dorf. Hat mit seinem Spezi Hullalka diesen Schwachsinn von Erlebniscenter ausgekungelt.«

Scarabea zog eine Augenbraue hoch. Den Ortsvorsteher Karsten Hullalka hatte sie schon im letzten Jahr kennengelernt. »Ach. Doch nicht etwa so ein schrecklich monströser Supermarkt?«

»Viel schlimmer. Eine Kombination aus Kaufhalle und Freizeitpark.«

»Da kannste dann mit der Achterbahn dein Suppengemüse einkaufen«, meinte Brunhilde. »Eventshopping nennt sich dieser Schnulli. So was braucht doch kein Mensch.«

Scarabea sah das abstruse Bild förmlich vor sich. Brunhilde, die mit riesigen Lockenwicklern im Haar, ihrer ebenso großen Brille und mehreren prall gefüllten Einkaufsnetzen durch einen Looping geschleudert wurde. »Das ist ja furchtbar. Dagegen müssen wir was unternehmen.« Ihr fielen auch gleich ein paar Ideen ein. Sitzblockade, Hungerstreik, nackt an einen Baum ketten. Scarabea war zu allem bereit.

»Immer schön die Ruhe.« Gisela Maibach hob beschwichtigend die Hände. »Ich denke nicht, dass es so weit kommen wird. Nach allem, was wir gehört haben, ist die Sache schon wieder vom Tisch.«

»Ach so.« Scarabea gab sich alle Mühe, nicht enttäuscht zu klingen, doch die Aussicht, in Hummelstich eine Revolution anzuzetteln, zerplatzte wie eine Seifenblase.

»Angeblich soll das dafür vorgesehene Grundstück nicht zur Bebauung geeignet sein, und solange keine andere Stelle gefunden wird, liegt die Sache auf Eis.«

Scarabea legte den Kopf zur Seite. Diese Angelegenheit würde sie sich dennoch näher ansehen. Doch nun besann sie sich auf ihr eigentliches Vorhaben.

»Ich würde übrigens sehr gern Ihrem Landfrauenverein beitreten.«

Brunhilde klatschte in die Hände. »Dann bleibst du jetzt also für immer hier? Das ist ja wunderbar!«

Die anderen Frauen schienen ebenfalls erfreut über diese Neuigkeit zu sein. Jedoch ließen sie sich ihren Enthusiasmus nicht so sehr anmerken.

Gisela Maibach machte ein ernstes Gesicht. »Ich sage es Ihnen gleich: Dafür müssen Sie eine bestimmte Voraussetzung erfüllen.« Ihre strenge Miene ging in ein freundliches Lächeln über. »Mitglied darf nur werden, wer einen Hummelkuchen backen kann.«

»Das sollte wohl kein allzu unlösbares Problem darstellen«, meinte Wally und grinste.

Scarabea rutschte bei der Vorstellung jedoch das Herz in die Hose. Kuchen backen war nicht unbedingt ein Punkt auf ihrer Liste gewesen. Sie war koch- und backtechnisch vollkommen talentfrei. An was auch immer sie sich bisher in der Küche probiert hatte, am Ende war es jedes Mal Kohle geworden.

»In einer Woche feiern wir unser fünfundzwanzigjähriges Landfrauenjubiläum. Bringen Sie Ihren Kuchen doch mit, und dann sehen wir weiter.«

Scarabea schluckte einen dicken Kloß im Hals hinunter. Na, das konnte ja heiter werden.

Während Scarabea versuchte, den Schock über die ihr gestellte Aufgabe halbwegs zu verdauen, schlug sich Sven in seiner Dienstbaracke mit ganz anderen Problemen herum. Das Telefon war seit einer halben Stunde mausetot, sein Handy hatte keinen Empfang, und auch das Internet funktionierte nicht. Es blieb ihm wohl nichts anderes übrig, als nach Hause zu gehen und von dort einen Fachmann zu verständigen, der die Störung behob.

Gerade wollte er nach dem Schlüsselbund greifen, da fielen ihm die Schnipsel ein, die er in Dirty Harrys Papierkorb gefunden hatte. Bei dem gestrigen Trubel hatte er sie ganz vergessen. Er ließ sie aus der Beweistüte auf seinen Schreibtisch rieseln, streifte sich seine Einweghandschuhe über und sortierte die Fetzen wie die Teile eines Puzzles.

Es war ein kurzer handschriftlicher Drohbrief. Da stand:

»Du wirst für deine Sünden bezahlen!« Unterschrieben mit »Die neunschwänzige Katze«.

Was hatte das nun wieder zu bedeuten?

Zehn nackte Friseusen und andere Zwischenfälle

Sven wippte genervt mit seinem Stuhl auf und ab. Sosehr er sich auch dagegen sträubte, das breite Bauarbeiterdekolleté, das sich vor seinem Schreibtisch wie eine Berglandschaft aus weißem Wackelpudding erstreckte, zog unwillkürlich den Blick auf sich. Schon seit einer halben Stunde hockte der Telefonmonteur auf dem Boden der Dienstbaracke und fummelte an irgendwelchen Kabeln und Leitungen herum. Seine matschbraune Cargohose, die beim Hinkuzen hinten ein ganzes Stück heruntergerutscht war, brachte das massige Gesäß besonders unvorteilhaft zur Geltung.

Noch schlimmer als die verstörende Aussicht war die penetrante Ballermannmucke, die aus dem MP3-Player des Mannes drang. Sven hatte schon das rote Pferd, den Holzmichl und den Anton aus Tirol über sich ergehen lassen müssen, doch der Gipfel der Geschmacklosigkeit stand ihm erst noch bevor. Die zehn nackten Friseusen waren das Letzte, was ihm jetzt noch gefehlt hatte. Bereits nach der ersten Zeile wusste er, dass er den fiesen Ohrwurm für den Rest des Tages nicht mehr aus dem Kopf kriegen würde.

Es gibt hunderttausend Mädel, die sind alle schön und edel, da werd ich weich, wawawaweich dröhnte es aus den Lautsprechern des Geräts.

Sven seufzte. Weich in der Birne konnte man schon werden, wenn man diesem Schrott länger ausgesetzt war.

Es gibt fünfzigtausend Damen, die wollen alle meinen Namen, doch ich bleib hart, hahahahart.

Sven schaute aus dem Fenster. Bei dem Gejaule gingen ja die Rüben auf dem Feld ein.

Ich will zehn nackte Friseusen, zehn nackte Friseusen …

Das Bauarbeiterdekolleté wackelte im Takt.

Ohoh, zehn nackte Friseusen, mit richtig feuchten Haaren.

Sven verdrehte die Augen und ballte die Hände zu Fäusten – das grenzte ja an Körperverletzung. Ob er als Vertreter der Staatsgewalt das Gerät beschlagnahmen durfte? Auch Mord im Affekt war plötzlich eine ganz verlockende Vorstellung.

Freilich tat er nichts dergleichen. Stattdessen kehrte er dem

Monteur den Rücken zu und ging vor die Tür, um sich an der frischen Luft ein wenig die Beine zu vertreten. Draußen wartete Trudi, die schielende Kuh, auf ihn. Sie kam freundlich herangetrottet und ließ sich die breite Stirn kraulen. Schon seit Jahren vagabundierte sie durch die Gegend und hatte mit Menschen nur sehr wenig am Hut. Allein Sven schien sie einigermaßen zu vertrauen.

»Na Trudilein«, begann Sven das Gespräch, wie er es schon so oft getan hatte. Natürlich würde es wie immer eine sehr einseitige Unterhaltung werden. Sven redete, und Trudi hörte ihm zu. Jedenfalls dachte Sven das.

»Du wirst es nicht glauben, aber wir haben schon wieder einen Mordfall. Wenn das so weitergeht, wird es in diesem Dorf eines Tages ganz schön einsam sein.«

Trudi war das humm wie numm.

»Diesmal hat es den ollen Stenz erwischt«, berichtete Sven weiter. »Und von deinen Artgenossen hat auch einer den Löffel abgegeben. Der Schimanski.«

Trudi kaute gelangweilt, so als wolle sie sagen, dass sich der Verlust ihrer Meinung nach in Grenzen hielt.

»Ich glaube, die beiden waren sich ziemlich ähnlich. Ganz schön eingebildete Aufreißer, ge?«

Trudi gab ein lang gezogenes Muhen von sich, das Sven als Zustimmung wertete.

»Ich weiß, du konntest den Schimanski auch nicht besonders leiden, ge, mein altes Mädchen? Aber man soll ja nicht schlecht über Tote sprechen.«

Da hörte er auf einmal das Tuckern eines Traktors, und ehe er sichs versah, war das Ungetüm auch schon herangerauscht. Trudi wandte sich ab und trottete davon.

»Ist das heute nicht ein herrlicher Tag!«, rief Henrik Butterblum, der offenbar frisch und gestärkt auf dem Sitz des Traktors hockte und über das ganze Gesicht strahlte. Nachdem er gestern so niedergeschlagen gewesen war, wunderte sich Sven doch schon sehr über die gute Laune des Bauern.

»Schön, dass es dir wieder besser geht.«

Butterblum grinste wie ein Honigkuchenpferd. »Es hilft ja

nichts. Vom Trübsalblasen lösen sich die Probleme auch nicht in Luft auf.«

Das stimmte zwar, doch sah dieser plötzliche Optimismus ihm gar nicht ähnlich. Sven fragte sich, ob Butterblum vielleicht unter Depressionen litt und gerade eine dieser manischen Phasen durchlief, bei der alles himmelhochjauchzend war. Oder was könnte er sonst für einen Grund für dieses sonderbare Verhalten haben?

»Ich muss dann auch weiter«, unterbrach Butterblum Svens Gedanken und verabschiedete sich mit einer heiteren gepfiffenen Melodie. »Tschü-üss.«

Sven starrte ihm mit offenem Mund hinterher.

Ein lautes Räuspern ließ ihn schließlich herumfahren. Der Monteur, dessen Hose immer noch schlecht saß, stand vor ihm und hielt ihm wortlos eine hastig hingekritzelte Rechnung hin. Sven, der daraus schloss, dass nun alle Geräte und Apparaturen wieder einwandfrei funktionierten, steckte den Wisch in seine Hosentasche, zückte sein Portemonnaie und reichte dem Monteur zwei blaue Scheine. Hauptsache, der Kerl verschwand endlich und nahm vor allem seine grässliche Musik mit.

Kaum war Sven wieder in seiner Baracke, da klingelte auch schon das Telefon. Saras aufgeregte Stimme drang durch den Hörer.

»Du musst sofort herkommen. Pit ist weg.«

Sven rieb sich die Stirn. Verflixt, wenn einem ständig was dazwischenkam, konnte man das mit der Mörderjagd echt vergessen. »Was meinst du mit ›weg‹?«, fragte er.

»Seine Box ist leer, und das Gatter war offen. Ich habe schon den ganzen Hof nach ihm abgesucht.«

»Beruhige dich. Ich bin gleich da.«

Er legte auf, schloss die Baracke ab und sprintete los. Wenn er sich beeilte, wäre er in null Komma nichts wieder hier. Der Eber konnte nicht weit weg sein, dazu war er viel zu verfressen und träge. Vermutlich hatte er es irgendwie in die Futterkammer geschafft und schlug sich nun den fetten Schweinebauch voll. Da hätte Sara aber auch mal von allein drauf kommen können.

Als er eine halbe Stunde später jedes Gebäude seines Hofes durchforstet hatte, wusste er, dass seine Annahme falsch gewesen war. In der Futterkammer war Pit jedenfalls nicht gewesen, und überhaupt fand sich keine einzige Spur von dem Tier. Pit war tatsächlich wie vom Erdboden verschwunden. Sven blieb nichts anderes übrig, als die Umgebung abzusuchen. Doch wo mochte der Eber hingelaufen sein?

Er schwang sich auf sein Fahrrad und trat in die Pedale. Nach nur wenigen Minuten kam er an Borwins Friseurgeschäft vorbei.

Zehn nackte Friseusen … hallte es durch seinen Kopf. »Ach, halt die Gusche«, knurrte er der imaginären Stimme zu.

Da sah er Paul Heinemann, den Wirt des »Goldenen Lamms«, der die Straße entlanggelaufen kam. Sven hielt direkt auf ihn zu und bremste scharf.

»Hallo Paul, hast du vielleicht den Pit gesehen?«

Paul Heinemann nickte. »Ja, das hab ich. Der ist vor etwa einer halben Stunde in Richtung Wald gelaufen. Ich habe mich schon gewundert, wieso der so mutterseelenallein durch die Welt spaziert.«

»Danke«, sagte Sven, stieg wieder in die Pedale und demmelte auf den Wald zu. Was hatte das zu bedeuten? Wieso lief Pit in den Wald? Das ergab doch alles gar keinen Sinn.

»Piii-it!«, rief er, als er die ersten hohen Nadelbäume erreichte. »Pi-it. Wo steckst du?«

Er folgte dem schmalen ausgetretenen Weg, und mit jedem Meter wurde der Wald dunkler und dichter. Sven reckte den Hals, schaute abwechselnd zu beiden Seiten und spitzte die Ohren. Plötzlich hörte er links von sich ein vertrautes Mampfen. Er hielt darauf zu und entdeckte nur Augenblicke später seinen dicken Eber, der wie ein Wildschwein in der Erde wühlte und dabei zufriedene Schmatzgeräusche von sich gab.

Sven sprang von seinem Drahtesel. Was um alles in der Welt fraß Pit denn da? Erdklumpen? Irgendwelche schwarzen Knollen? Am Ende waren die vielleicht noch giftig.

»Hör auf damit«, schnauzte er den Eber an. »Los, komm jetzt, wir gehen nach Hause.« Nur mit größter Anstrengung gelang es ihm, das Tier von dem Loch in der Erde loszureißen. Er band ihm einen Strick um den Hals und zog ihn hinter sich her.

Nachdem er Pit in den Stall zurückgebracht hatte, setzte sich Sven an den Küchentisch, streckte die Beine aus und schloss für einen Moment die Augen.

Zehn nackte Friseusen … Die imaginäre Stimme in seinem Kopf marterte ihn noch immer mit dem fiesen Ballermannsong. Er öffnete die Augen wieder und sah zu Sara hinüber, die gerade die Spülmaschine ausräumte. Ganz ehrlich, es war schon anstrengend genug, den sexuellen Appetit einer einzelnen Frau zu stillen. Gut, er wusste nicht, wie es bei anderen Paaren aussah. Vielleicht war er ja auch mit einer Nymphomanin verheiratet. Aber zehn von der Sorte? Auf keinen Fall!

Zehn nackte Friseusen? Welcher halbwegs klar denkende Mann fand das erstrebenswert? Dirty Harry kam ihm wieder in den Sinn.

»Grübelst du über den Fall nach?«, fragte Sara, der die nachdenkliche Miene ihres Mannes nicht entgangen war.

Sven ließ sich Zeit mit seiner Antwort. »Ich frage mich, ob Dirty Harry Potenzmittel genommen hat, und wenn ja, ob das nicht gefährlich für sein Herz war. Immerhin hatte er doch einen Herzschrittmacher.«

»Habt ihr denn in seiner Wohnung nichts gefunden?«

Sven schüttelte den Kopf. »Nein, aber wir haben auch nicht gezielt danach gesucht.«

»Hmm, er war nicht mehr der Jüngste. Und dann die vielen Frauen. Da ist es doch sehr wahrscheinlich, dass er mit ein paar Pillen nachgeholfen hat.«

»Das meine ich auch. Doch wie war das mit seiner Herzschwäche vereinbar?«

»Ich bin Tierärztin, Sven. Keine Herzspezialistin. Vermutlich kommt es auf das entsprechende Präparat und natürlich auf die Dosis an. Frag doch den Apotheker. Der müsste das wissen.«

Sven nickte. Das war eine gute Idee. Höchste Zeit, sich wieder auf den Fall zu konzentrieren. Er hoffte nur, dass nicht eines seiner Tiere ihm wieder einen Strich durch die Rechnung machte.

Die verliebte Apothekenhelferin

Die kleine silberne Türglocke erfüllte den Verkaufsraum der Hummelstichler Apotheke mit einem hellen, verheißungsvollen Schellenklang. Sven steuerte geradewegs auf den langen, gebogenen Tresen zu, hinter dem eine etwa vierzigjährige Frau mit dunkelblonder Föhnfrisur stand. Sie trug einen weißen Kittel, der perfekt zu dem Farbton ihrer Zähne passte, und bedachte Sven, den sie für einen potenziellen Kunden hielt, mit einem freundlichen Blick.

Sven hingegen, der erwartet hatte, den Apotheker Carl Feigenbaum anzutreffen, stutzte für einen Moment. Normalerweise kannte er jeden hier im Dorf, doch diese Frau hatte er noch nie zuvor gesehen. Jetzt fiel ihm auch wieder ein, dass sich die Feigenbaums ja vor Kurzem getrennt hatten, was vermutlich die neue Angestellte erklärte.

»Was kann ich für Sie tun?«, fragte die Frau hinter dem Tresen in äußerst liebenswürdigem Ton.

»Ich würde gern den Apotheker sprechen«, sagte Sven und verzichtete ebenfalls auf eine Begrüßung.

»Tut mir leid, aber Herr Feigenbaum nimmt gerade an einem zweitägigen Kongress in Bad Mergentheim teil und wird erst morgen Abend wieder hier sein. Kann ich Ihnen vielleicht irgendwie weiterhelfen?«

Sven nickte. Er wollte die Sache jetzt klären und nicht bis morgen Abend warten. Und vielleicht war es ja auch ganz gut, dass Feigenbaum selbst nicht da war. »Es geht um einen Ihrer Kunden, Harald Stenz, der gestern auf noch ungeklärte Weise zu Tode gekommen ist.«

Das Gesicht der Frau verriet, dass die Nachricht weder neu noch besonders schockierend für sie war. »Ja, davon habe ich gehört«, sagte sie bloß.

Sven, der sichtlich erleichtert war, nicht noch eine Verflossene des Dorfcasanovas befragen zu müssen, zeigte auf eine Viagra-Packung, die in einem hohen Regal zwischen Rheumasalbe und

Kopfschmerztabletten stand. »Mich interessiert, ob Herr Stenz in letzter Zeit potenzsteigernde Mittel bezogen hat.«

Für den Bruchteil einer Sekunde verschwand das liebenswürdige Lächeln aus dem Gesicht der Apothekenhelferin, als ob sie sich an etwas Bestimmtes erinnern würde. »Da muss ich einmal im Computer nachsehen«, überspielte sie diesen Augenblick der Unsicherheit. »Einen Moment bitte.«

Sie fummelte eine Weile an der Tastatur herum, klickte geschäftig mit der Maus und sah dann Sven unverwandt an.

»Nein, Herr Stenz hat bei uns keine Potenzmittel erworben«, sagte sie, und es klang, als würde sie den Satz ablesen.

»Mh.« Sven war schon ein wenig enttäuscht. »Sind diese Medikamente eigentlich verschreibungspflichtig?«

»Ja, man erhält sie nur auf Rezept.«

»Dürfen diese Pillen auch bei einer vorhandenen Herzschwäche eingenommen werden?«

»Manche Präparate eignen sich dafür mehr, andere dagegen weniger. Hier muss man eine individuelle Lösung finden, insbesondere auch bei der Dosierung des Mittels. Von einem unkontrollierten dauerhaften Gebrauch kann man aber nur abraten. Die Gefahr einer Überdosierung, bei der es zu gravierenden Nebenwirkungen kommen kann, darf nicht unterschätzt werden.«

So ähnlich hatte Sara es auch formuliert. Sven beugte sich ein wenig vor und sah der Apothekenhelferin direkt in die Augen. »Und Sie sind sich ganz sicher, dass Herr Stenz hier keine Potenzmittel gekauft hat?«

Eine leichte Röte huschte über ihre Wangen, sie hustete und wich dem bohrenden Blick aus. »Selbstverständlich bin ich mir sicher. Alles, was unsere Kunden kaufen, wird über die Kasse automatisch in unserem Computer erfasst.«

»Könnte er anderweitig darangekommen sein?«

Sie zuckte mit den Schultern. »Keine Ahnung. Vielleicht in einer anderen Apotheke?«

Sven runzelte die Stirn. Warum hätte Stenz in einer anderen Apotheke einkaufen sollen?

»Nein, das glaube ich nicht«, murmelte er.

»Wollen Sie etwa behaupten, dass hier etwas nicht mit rechten Dingen zugeht?«

Sven dachte an die körperliche Auseinandersetzung, die Feigenbaum und Stenz vor einiger Zeit gehabt hatten.

»Wissen Sie zufällig, was Herr Feigenbaum in der Nacht von Montag zu Dienstag gemacht hat?«

Die Apothekenhelferin hatte die Hände in die Hüften gestemmt. Von ihrer Freundlichkeit war nicht mehr viel übrig. »Zufällig ja. Er war nämlich mit mir zusammen.«

Sven zog überrascht die Augenbraue hoch. »Ach.« Da hatte sich Feigenbaum aber schnell über Frieda hinweggetröstet. Na, sieh einer an.

Die Apothekenhelferin bedachte ihn mit einem herabwürdigenden Blick. Sven, der spürte, dass er hier so nicht weiterkam, verabschiedete sich und trat den Rückzug an.

Auf dem Nachhauseweg stieß er beinahe mit Scarabea zusammen, die, wie es schien, ebenfalls ihren Gedanken nachgehangen hatte.

»Hast du schon was herausgefunden?«, wollte sie wissen, und Sven brachte sie umgehend auf den neuesten Stand.

»Du denkst also, dass die Apothekenhelferin dich angelogen hat«, fasste Scarabea Svens Schilderungen zusammen.

Sven nickte. »Da bin ich mir ziemlich sicher. Ich glaube fast, dass sie in Feigenbaum verknallt ist und ihn nun mit allen Mitteln verteidigt.«

»Verstehe. Aber warum hilfst du der Wahrheit dann nicht ein wenig nach? Also ich an deiner Stelle würde das so machen.« Sie beugte sich zu ihm und flüsterte ihm etwas ins Ohr.

Am späten Nachmittag betrat Sven noch einmal die Apotheke. Er hatte eine Weile gebraucht, sich mit der Idee, die Scarabea so unvermittelt aus dem Hut gezaubert hatte, anzufreunden. Die Sache würde nicht einfach werden, das war ihm sofort klar gewesen. Denn dass er nicht lügen konnte, wusste praktisch jeder. Daher versuchte er, die folgende Situation als Rolle in einem Theaterstück zu betrachten. Er musste und wollte verdammt noch mal überzeugend sein.

So selbstsicher, wie er nur konnte, schritt er durch den Raum auf die Apothekenhelferin zu, die ihre Arme verschränkt und den Mund so sehr zusammengepresst hatte, dass er nur noch einen kleinen, schmalen Strich formte.

»Ich muss Sie darauf hinweisen, dass eine Falschaussage strafbar ist und schwerwiegende Konsequenzen für Sie haben könnte«, begann Sven ohne Umschweife. Seine Stimme war todernst.

»Wollen Sie mir etwa drohen?«, fragte die Apothekenhelferin und fuhr sich nervös durchs Haar.

»Ganz und gar nicht. Ich erkläre Ihnen bloß das Gesetz.«

»Und wie kommen Sie auf die Idee, ich hätte eine Falschaussage gemacht?«

Sven nahm seinen ganzen Mut zusammen. Jetzt bloß keine Schwäche zeigen. »Wir haben Ihre Angaben zur Tatnacht überprüft. Herr Feigenbaum schien sehr überrascht zu sein, dass Sie ihm ein Alibi geben wollen, und teilte uns mit, dass er im fraglichen Zeitraum nicht mit Ihnen, sondern mit einer anderen Bekanntschaft zusammen war. Dies wurde von jener Dame auch bestätigt.«

Sven unterdrückte den Impuls, auf der Unterlippe herumzukauen. Nun würde sich zeigen, ob er mit seiner Annahme, dass die Frau eine Lügnerin war, richtig gelegen hatte. Natürlich konnte er sich auch geirrt haben. Das Eis, auf dem er sich bewegte, war hauchdünn.

Die Apothekerin schob zuerst den Unterkiefer vor, plusterte ein paarmal die Wangen auf – sodass Sven schon befürchtete, sie müsste sich übergeben – und brach dann in ein herzzerreißendes Schluchzen aus.

»Vielleicht wollen Sie Ihre Aussage noch einmal überdenken?«, schlug Sven vor und reichte der Frau ein Papiertaschentuch.

»Ich wollte doch niemandem schaden, glauben Sie mir. Im Gegenteil, ich wollte ihm doch nur helfen.«

»Weil Sie ihn lieben?«

»Ja.«

»Jetzt sollten Sie besser sich selbst helfen. Erzählen Sie mir die Wahrheit.«

»Die kennen Sie doch schon. Er war mit einer anderen zusammen.« In ihrem Gesicht spiegelte sich eine Mischung aus Eifersucht, Enttäuschung und Wut.

»Ich meine die Potenzmittel. Auch da haben Sie mich angelogen, nicht wahr?«

Sie schluckte einen dicken Kloß im Hals hinunter, zögerte. Offenbar rang sie noch immer mit sich. Doch dann schien sie eine Entscheidung zu treffen. »Er hat die Rezepte auf seinen Namen ausgestellt und Stenz die Pillen unter der Hand verkauft.« Sie wirkte nun ein wenig erleichtert, so als hätte sie sich von einer großen Last befreit. Mit fester Stimme fügte sie hinzu: »Und ja, es war eines von den Präparaten, die sich bei einer bereits vorhandenen Herzinsuffizienz besonders negativ auswirken können.«

Ein Glaspalast voller Zweifel

Scarabea presste die Nase gegen die riesige Fensterscheibe. Der großzügige Wohnbereich, der durch das getönte Glas nur dunkel zum Vorschein kam, wirkte wenig einladend. Zwar gab es ein Designersofa, mehrere Kristallleuchter und einen langen, hochflorigen Perserteppich, doch ein Zeichen irgendeines Lebens suchte man hier vergebens. Da waren weder Mensch noch Tier, keine Blumen oder Pflanzen. Noch nicht einmal Bilder – Poster, Fotografien oder Gemälde, die normalerweise die Wände zierten. Hier herrschte absoluter Kahlschlag. Alles war entsetzlich kalt und steril. Es sah aus, als würde überhaupt niemand dort drinnen wohnen.

Scarabea, die bei dem Anblick fröstelte, ging auf die gläserne Eingangstür zu. Dieses Haus, das von den Hummelstichlern »der Glaspalast« genannt wurde, kannte sie bereits von ihrem letzten Aufenthalt – und ehrlich gesagt betrat sie es nur sehr ungern ein zweites Mal. Doch da ein Gespräch mit den Hullalkas unvermeidlich war, wischte sie die Abneigung beiseite, streckte die Hand aus und drückte auf die Klingel.

Karsten und Irmtraud Hullalka hatte sie noch gut in Erinnerung, besonders den Feldwebel von Ehefrau. Selten war sie einer so schrecklichen, lauten und niederträchtigen Person begegnet. Und dabei war sie in der Welt schon ganz schön herumgekommen. Sie wusste, dass sich der piefige Ortsvorsteher, der wie ein Fußabtreter unter dem Pantoffel seiner Gemahlin stand, in seine unterirdische Kommandozentrale zurückzog und dort eine Armee aus winzigen Pappmascheesoldaten befehligte. Wahrscheinlich war es für ihn die einzige Möglichkeit, zu Hause auch mal was zu sagen zu haben.

Das schrille Geräusch der Türklingel, das große Ähnlichkeit mit Irmtraud Hullalkas Stimme hatte, ließ den Glaspalast erzittern.

Dann waren Schritte zu vernehmen, und Scarabea richtete sich seelisch und moralisch auf die Begegnung mit dem Feldwebel ein. Doch die Gestalt, die nun im Flur erschien, war nicht das garstige

Irmchen, sondern der Ortsvorsteher höchstpersönlich. Mit einem erstaunten Ausdruck auf dem Gesicht öffnete er die Tür.

»Frau von Maarstein, das ist aber eine Überraschung. Sie sind wieder zurück.« Es war eine Feststellung, und sie klang wenig euphorisch.

Ja, da hast du recht, dachte Scarabea bei sich, und diesmal bleibe ich. Ob es dir passt oder nicht.

Sie setzte ein liebenswürdiges Lächeln auf. »Ich habe von dem geplanten Bauprojekt gehört. Von diesem …«, sie tat so, als würde sie nach dem richtigen Wort suchen, »… Erlebniscenter. Das klingt sehr spannend, und ich frage mich, ob Sie mir nicht ein wenig mehr darüber erzählen könnten.«

In den trüben Augen des Ortsvorstehers tauchten unvermittelt funkelnde Dollarzeichen auf. Scarabea, die im vergangenen Jahr von ihrer Freundin Henrietta ein kleines Vermögen geerbt hatte, wusste auch, wieso. Dass sie durch die Erbschaft finanziell gut dastand, hatte im Dorf schnell die Runde gemacht. Wahrscheinlich hoffte Hullalka nun, eine weitere Investorin für seine abstrusen Pläne gewinnen zu können. Diesen Zahn würde sie ihm ziehen. Doch langsam, eines nach dem anderen.

»Aber selbstverständlich«, säuselte er und trat einen Schritt zur Seite. »Nichts lieber als das. Kommen Sie doch bitte herein.«

Sie erklommen eine frei schwebende Treppe aus schwarzem Granit, bei der man auf jeglichen Firlefanz, wie zum Beispiel ein Geländer, verzichtet hatte. Oben führte der Ortsvorsteher Scarabea in einen großen, hellen Raum, der ganz nach einem Arbeitszimmer aussah. In der Mitte eines langen, klobigen Konferenztisches befand sich ein Modell des geplanten Einkaufsparks.

Scarabea fiel sofort die riesige Glaskuppel ins Auge, die wie eine überdimensionale Käseglocke über einer wüsten Ansammlung von Gebäuden und Jahrmarktsattraktionen thronte.

Oh mein Gott, dachte sie. Dieser Glaspalast im XXL-Format wird das ganze Dorf verschandeln.

»So soll es einmal aussehen, unser Pleasure-Shopping-Ressort«, verkündete Karsten Hullalka stolz. »Wie der Name schon sagt, bilden Shopping und Vergnügen die wichtigsten Säulen dieses Vorhabens. Optisch wird es eng an den Kino-Blockbuster ›Fluch der Karibik‹ angelehnt sein, so soll es unter anderem eine Piraten-Wildwasserbahn, eine ganz neuartige Riesenschaukel, ein 5-D-Kino und mehrere Schnellrestaurants geben.«

Scarabea schluckte. Schneller, höher, weiter hieß die Devise der Zeit. Doch wo sollte dieser perverse Konsumterror denn noch hinführen?

»Ich weiß, ich weiß, es ist einfach überwältigend«, sagte Hullalka, der Scarabeas versteinerten Gesichtsausdruck völlig falsch interpretierte. »Aber das Beste kommt ja erst noch.« Er ließ einen Moment verstreichen, um, wie er dachte, die Spannung noch weiter zu steigern, und trommelte mit den Fingern auf der Tischplatte herum. »Das Ressort wird nämlich rund um die Uhr geöffnet sein.«

Na wunderbar, dachte Scarabea. Rummelatmosphäre statt Landidylle. Nonstop-Beschallung anstatt Ruhe und Beschaulichkeit.

»Wie ich gehört habe, gibt es im Dorf auch viele Gegner und Kritiker«, sagte sie, den Blick noch immer auf die Glaskuppel gewandt.

Hullalka winkte bloß ab. »Ich als Ortsvorsteher muss mit dem Geist der Zeit gehen und darf mich von ein paar altmodischen Querulanten nicht aus dem Konzept bringen lassen. Dieses Projekt würde uns an die Weltspitze moderner Konsummöglichkeiten katapultieren. Das ist eine einmalige Chance. Von überall würden die Menschen herbeigelaufen kommen. Unser Dorf kann davon nur profitieren. Allein die vielen Arbeitsplätze, die dadurch geschaffen werden, das bedeutet letztendlich Wachstum, Wachstum und nochmals Wachstum – und das für uns alle. Wer das nicht einsieht, dem ist nicht mehr zu helfen.«

Scarabea konnte sich nicht erinnern, wann sie das letzte Mal so einen unglaublichen Schwachsinn gehört hatte. Die Einzigen, denen nicht mehr zu helfen war, waren Hullalka und die anderen Initiatoren und Förderer dieser monströsen Abscheulichkeit. Es ging hier überhaupt nicht um Arbeitsplätze. Hier ging es darum, dass einige große Konzerne richtig absahnen wollten, und dafür wurde wieder einmal die vorgegaukelte Illusion eines immerwährenden Wachstums aus der Tasche gezogen. Für den Profit einiger weniger sollten Bedürfnisse geweckt werden, die eigentlich gar nicht existierten. Pfui Teufel aber auch!

Nur mit Mühe unterdrückte sie die Wut, die wie ein Samenkorn in ihr aufkeimte. »Angeblich soll es ja Probleme mit dem Grundstück geben«, sagte sie so ruhig und kühl, wie sie nur konnte.

»Ja, das ist in der Tat etwas ärgerlich«, gestand Hullalka ein. »In einem Teil des Geländes, das ursprünglich für die Bebauung vorgesehen war, wurden Schadstoffe im Boden nachgewiesen.« Er hob beschwichtigend die Hände. »Aber keine Sorge, wir haben natürlich schon eine andere geeignete Stelle ins Auge gefasst. Das wäre doch gelacht, wenn wir bei jeder Kleinigkeit gleich aufgeben würden, nicht wahr? Ich versichere Ihnen, dass ich alles daransetzen werde, damit dieses großartige Projekt realisiert wird.«

Scarabea biss sich auf die Unterlippe. Nicht, wenn ich es verhindern kann, dachte sie. Doch nun ist es erst mal an der Zeit, auf Dirty Harry zu sprechen zu kommen.

»Welche Rolle hatte eigentlich Harald Stenz bei diesem Projekt?«

Der Ortsvorsteher erbleichte schlagartig. Mit dieser Frage hatte er nicht gerechnet.

»Ich frage mich nur«, fuhr Scarabea fort, »ob sein plötzlicher Tod irgendeine Auswirkung auf die Realisierung der Baupläne hat.«

»Nein, das glaube ich nicht. Herr Stenz besaß mehrere Hektar Land, die Baufirma wird nun mit den Erben verhandeln müssen. Und falls es keine gibt, fällt das Land an die Gemeinde. Das wäre natürlich die beste Variante.«

Bevor Scarabea weiter nachhaken konnte, platzte auf einmal der Feldwebel herein.

»Karsten, was tut diese Frau schon wieder hier?«, zeterte sie, die Hände in die knochigen Hüften gestemmt.

Der Ortsvorsteher gab ein gekünsteltes Lachen von sich. »Liebling, wir haben über die Event-Mall gesprochen.«

»Wieso?«, keifte der Feldwebel und fuchtelte mit den Armen wütend in der Luft herum. »Meinst du etwa, die Alte gibt dir was von ihren Kröten ab? Das glaubst du doch selbst nicht.«

Karsten Hullalka schaute verlegen zur Zimmerdecke. Offenbar schämte er sich für die rüden und verletzenden Bemerkungen seiner Frau. Scarabea schenkte den fiesen Tiraden jedoch kaum Beachtung. Ihre Aufmerksamkeit war ganz auf die langen platinblonden Haare des Feldwebels gerichtet. Die Ähnlichkeit zu dem Haar, das sie auf Dirty Harrys Bett gefunden hatten, war verblüffend. Konnte das sein? Konnte diese garstige und widerwärtige Frau tatsächlich eine Affäre mit dem Dorfcasanova gehabt haben? Andererseits dürfte Dirty Harry der Charakter seiner Liebschaften herzlich egal gewesen sein.

Scarabea wusste, es gab nur einen Weg, das herauszufinden. Sie musste irgendwie an die Haare des Feldwebels herankommen.

»Ach, dürfte ich vielleicht Ihr Bad benutzen?«, fragte sie mit dem liebenswürdigsten Lächeln, das sie aufbringen konnte.

Der Feldwebel warf ihr einen Blick zu, der so viel wie »Wenn's denn unbedingt sein muss« bedeutete.

»Den Flur entlang und die zweite Tür links«, beeilte sich Karsten Hullalka zu sagen. Scarabea nickte, und nach wenigen Sekunden schloss sie hinter sich die Badtür zu.

Die Haarbürste hatte sie schnell gefunden. Sie zog drei der platinblonden Haare heraus, wickelte sie in ein sauberes Papiertaschentuch und steckte es in ihre Handtasche. Dann legte sie die Haarbürste zurück und betrachtete einen Moment lang ihr Gesicht, das ihr aus dem großen Wandspiegel mit einem breiten Grinsen entgegenblickte.

Dreizehn Mann auf der Totenmannskiste

Am Abend ging Scarabea früh zu Bett. Die Anstrengungen der vergangenen Tage und vor allem die mehr oder weniger durchwachten Nächte steckten ihr noch immer in den Knochen. Sie spürte, dass sie heute zu keinen großen Taten mehr fähig sein würde. Da es ihren Freunden ähnlich ging, war das gemeinsame Abendessen recht einfach ausgefallen.

Bei einem Glas Rotwein und einer Runde belegter Brote hatte Scarabea kurz von ihrem Besuch bei den Hullalkas erzählt und Sven die sichergestellten Haare gegeben, damit er sie am nächsten Tag an das Kriminallabor in Bad Frankenhausen weiterleiten konnte. Danach hatten sich alle eine gute Nacht gewünscht, Borwin hatte den Heimweg angetreten, und Scarabea war auf ihr Zimmer gegangen. Dort richtete sie Dr. Jekylls Nachtlager – bestehend aus einem großen Federkissen und einer dünnen, flauschigen Decke – her. Der Ara hopste auch sogleich hinauf und ließ sich noch eine Weile das Gefieder kraulen, bevor er sich in einer für Papageien recht ungewöhnlichen Haltung zusammenrollte und leise zu schnarchen begann.

Lächelnd betrachtete Scarabea ihren kleinen Freund. Dann sank sie erschöpft auf ihr Laken und war bereits Sekunden später eingeschlafen.

Als sie die Augen wieder aufschlug, befand sie sich zu ihrer Überraschung in einem riesengroßen Supermarkt. Um sie herum standen haushohe Regale, so weit das Auge reichte, vollgestopft mit Lebensmitteln und Waren des täglichen Bedarfs sowie einer schier endlosen Zahl an Dingen, die eigentlich kein Mensch brauchte. Über allem schwebte eine monströse Kuppel aus Glas.

Noch erstaunter war Scarabea jedoch, als sie feststellte, dass sie in einem Autoskooter saß, welcher erst langsam, dann immer schneller zwischen den Regalen hindurchpeste. Neben ihr hockte Brunhilde Meuselböck, die mit einem langen Kescher emsig nach ihren Einkäufen fischte. Dazu sang sie aus voller Kehle: »Wer will guten Kuchen backen, der muss haben sieben Sachen. Eier und

Schmalz, Zucker und Salz, Milch und Mehl, Safran macht den Kuchen gehl.«

Sie blickte gespannt zu Scarabea, als erwarte sie von ihr, dass sie gleich mitsingen würde. Scarabea jedoch starrte fasziniert in Brunhildes riesige Brillengläser, in denen sich auf unerklärliche Weise bärtige Piratengesichter spiegelten.

»Festhalten!«, schrie Brunhilde plötzlich, und im nächsten Augenblick krachte es. Scarabea, die sich instinktiv an ihrem Sitz festgekrallt hatte, wurde durch die Kollision heftig durchgeschüttelt. Sie sah sich um und entdeckte einen zweiten Wagen, mit dem sie offenbar zusammengestoßen waren. Darin saßen Sven sowie der Kommissar Kurt Pfeiffer.

»Verdammt noch mal, können Sie nicht aufpassen?«, schnauzte der Kommissar Sven an. »Sie dämlicher Grünschnabel. Sie bringen uns ja noch alle um!«

»Seid ihr in Ordnung?«, rief Sven herüber, ohne auf die Beschimpfungen seines Vorgesetzten einzugehen.

»Alles ist gut!«, rief Scarabea zurück und winkte ihm zu. »Nichts passiert.«

Schon setzten sich die Autoskooter wieder in Bewegung und fuhren in entgegengesetzte Richtungen davon. Scarabea, die am liebsten ausgestiegen wäre, hatte langsam die Nase voll von dieser Fahrt. Doch der Wagen ließ sich nicht anhalten. Noch nicht einmal das Tempo ließ sich drosseln, und so wurde das Gefährt mit jeder Sekunde schneller. Damit noch nicht genug, steuerte der Skooter schließlich auf eine hohe graue Betonwand zu. Dieser Umstand schien Brunhilde Meuselböck gar nicht zu beunruhigen. Sie saß bloß da, wippte nachdenklich mit ihrem riesigen Kopf und meinte: »Wenn du Mitglied im Landfrauenverein werden willst, musst du einen Hummelkuchen backen.«

Der Ratschlag half Scarabea in dem Moment wenig. Was sie jetzt brauchte, war eine Lösung, wie man dieses Höllengefährt zum Stehen brachte. Vielleicht sollten sie einfach aus dem Wagen springen? Doch dazu war das Tempo bereits zu hoch. Sie würden sich alle Knochen brechen, das wusste sie, denn sie hatte in ihren jungen Jahren einige Zeit als Stuntfrau gearbeitet und dabei so manchen gefährlichen Sprung gewagt. Auch war sie kaum fähig, sich zu bewegen, so als wäre sie auf dem Sitz des Skooters festgeklebt.

Die Wand rückte näher und näher. Scarabea, die normalerweise nichts so leicht aus der Ruhe brachte, spürte, wie langsam Panik in ihr aufstieg. Der Schweiß lief ihr aus jeder Pore, in ihren Ohren rauschte es, und ihr Herz raste wie ein galoppierendes Wildpferd. Verflixt und zugenäht! Ihr fiel doch sonst immer eine Lösung ein. Wieso war sie nur jetzt derart vernagelt?

Die Wand war nun so nah, dass man einen Stein auf sie hätte werfen können. Es trennten sie nur noch wenige Meter. Scarabea krümmte sich zusammen, hielt sich die Augen zu und wartete auf den Aufprall. Doch der kam nicht.

Ganz vorsichtig löste sie die Hände von den Augen. Die Wand war verschwunden, ebenso wie Brunhilde, der Autoskooter, die Glaskuppel und die Supermarktregale. Erleichtert atmete sie auf. Sie stand nun mitten in der Grüneis'schen Wohnküche, die eine wesentlich behaglichere Atmosphäre bot. Doch auch hier war irgendetwas anders als sonst. Lag es an Borwin, der im Kostüm eines spanischen Freibeuters um den Herd herumtanzte und den Kochlöffel schwang? Oder an Henrik Butterblum, der einen triefnassen Ostfriesennerz anhatte und zusammen mit Sven am Küchentisch saß und eine große Schüssel Erdbeereis in sich hineinschaufelte?

»Hey, du verrückte Nudel!«, rief Borwin ihr zu. »Wenn ich dir zeigen soll, wie man einen Hummelkuchen backt, solltest du wirklich ein bisschen aufmerksamer sein.«

Borwin backte Hummelkuchen? Das durfte sie echt nicht verpassen. Sie ignorierte seine komische Aufmachung, trat hinter ihn und blickte ihm neugierig über die Schulter.

»Ich hab da schon mal was vorbereitet«, sagte er und stellte ein gefettetes und mit Mehl bestäubtes Backblech auf die Arbeitsfläche. Er klang wie ein Fernsehkoch. Dann schlug er ein halbes Dutzend Eier in eine Schüssel, verquirlte sie, fügte Zucker, Butter, Salz, Vanille und Mehl hinzu und vermengte alles zu einem glatten Teig. Scarabea, die über ein ausgesprochen gutes fotografisches Gedächtnis verfügte, speicherte gleich alles ab.

»Jetzt fehlt nur noch die geheime Spezialzutat.« Borwin zeigte auf ein großes Einmachglas, in dem etwa dreißig fette Hummeln durcheinanderschwirrten.

Scarabea stutzte. Hummeln? Sie glaubte nicht, dass die in einen Kuchen gehörten.

»Das ist doch nicht dein Ernst?«, fragte sie und war ehrlich entsetzt.

»Na klar gehören da Hummeln rein!«, rief Sven, als hätte er ihre Gedanken gelesen.

»Das ist doch das Beste am Hummelkuchen«, sagte Henrik Butterblum und wischte sich über das eisverschmierte Gesicht.

Scarabea konnte es nicht glauben. Waren die Hummelstichler tatsächlich so barbarisch? Oder spielte ihr Unterbewusstsein ihr bloß einen Streich?

Doch bevor sie noch ein weiteres Wort sagen konnte, hatte Borwin schon das Einmachglas geschnappt, die Hummeln zu den anderen Zutaten gegeben, untergerührt und alles auf das Backblech gegossen.

»Und jetzt ab damit in den Ofen«, wies er sie an und machte ein ganz strenges Gesicht dabei.

Erst jetzt bemerkte Scarabea, dass sie eine geblümte Kochschürze trug. Widerstrebend und wie von einer fremden Macht gesteuert, packte sie zu und schob das Blech in den heißen Ofen hinein.

Wenig später erklang ein knackendes Geräusch, als wenn jemand Popcorn zubereiten würde. Scarabea spähte durch das kleine Herdfenster und erschauerte. Es waren die Hummeln, die in der Hitze explodierten. Ihr standen die Haare zu Berge. Borwin, Sven und Henrik Butterblum schien das Geräusch gar nicht zu stören. Im Gegenteil, es zauberte sogar ein verzücktes Lächeln auf ihre Gesichter.

»Mhmmmm«, machte Borwin. »Wie das duftet.«

»Lecker!«, riefen Sven und Butterblum wie aus einem Mund.

Scarabea hätte die drei am liebsten mit einem Nudelholz traktiert. Da drang auf einmal eine ihr vertraute Stimme an ihr Ohr.

»Aufwachen.«

Es war Dr. Jekyll, der just in dem Moment in die Küche hineingewatschelt kam. Er blieb vor ihr stehen, legte den Kopf zur Seite und sah sie mit seinen treuen Knopfaugen an.

»Wach auf, mein Schatz«, krächzte er und begann, sie in die Füße zu zwicken. Obwohl sie ihre grasgrünen Ballerinas trug, spürte sie es ganz deutlich.

Scarabea rieb sich die Augen. Konnte es so einfach sein? Dreimal die Hacken zusammenschlagen, und schon war der Spuk vorüber? Sie hoffte inständig, sich gleich wieder in ihrem Bett wiederzufinden. Doch was war das? Ein gleißend helles Licht blendete sie. Das konnte unmöglich die Energiesparlampe in ihrem Zimmer sein. Auch der Untergrund, auf dem sie lag, fühlte sich nicht wie eine weiche Schaumstoffmatratze an, sondern bestand aus vielen winzigen und feinen Körnern. Sie ließ etwas davon durch ihre Hand rieseln. War das etwa Puderzucker? Und warum roch die Luft so salzig?

Als sich ihre Augen an die extreme Helligkeit gewöhnt hatten, wusste sie die Antwort. Die schöne, wenngleich auch etwas kitschige Postkartenidylle, die sich ihr offenbarte, erinnerte sie an die *Île aux Cerfs*, eine kleine, zu Mauritius gehörende Insel im Indischen Ozean. Der feine weiße Sand, der tatsächlich die Konsistenz von Puderzucker hatte, formte einen breiten, bogenförmigen Strandgürtel, hinter dem das türkisfarbene, endlos erscheinende Meer auf das Verlockendste glitzerte. Es war im wahrsten Sinne des Wortes ein Traumstrand.

Scarabea sah sich weiter um. Zu ihrer Rechten standen jede Menge Palmen, die sich hoch in den blauen Himmel streckten. Dort watschelte Dr. Jekyll aufgeregt herum und führte Selbstgespräche.

»Gar nicht gut, gar nicht gut. Sollten längst da sein. Immer diese Bummelei. Müssen uns beeilen. Strolche. Elendes Pack. Müssen wir jagen. Fassen. Gefährlich, gefährlich.«

Jetzt erst bemerkte Scarabea, dass es noch immer an ihren Zehen zwickte. Sie suchte nach der Ursache und entdeckte vier kleine Krabben, die sie eifrig piesackten. Mit einer schnellen Handbewegung scheuchte sie die quirligen Schalentiere davon, stand auf, setzte den immer noch vor sich hin brabbelnden Dr. Jekyll auf ihre Schulter und trat einen Schritt zur Seite. In dem Moment löste sich eine Kokosnuss und fiel genau auf die Stelle, wo sie eben noch gelegen hatte. Das war ja gerade noch mal gut gegangen. Von einer Kokosnuss erschlagen zu werden, hätte jetzt wirklich noch gefehlt.

Erneut drängten sich die vier kleinen Krabben in ihr Blickfeld. Sie klapperten emsig mit den Scheren, liefen auf und ab, so als wollten sie ihr etwas zeigen. Scarabea folgte ihnen, und nach nur wenigen Schritten blieben sie neben einem rötlich braunen Flecken stehen. Sie beugte sich hinunter und betrachtete den Fleck, der die Form eines menschlichen Fußes hatte. Nicht weit davon entfernt war noch ein zweiter Fleck. Und dahinter war noch ein dritter und so weiter.

Scarabea erschrak. Das war eine Spur aus blutigen Fußabdrücken, und sie führte mitten ins Dickicht. Todesmutig bahnte sich Scarabea einen Weg durch das Unterholz und gelangte immer tiefer in den Dschungel hinein. Eine halbe Stunde lang sah sie nichts weiter als grünes Buschwerk, Bäume, Ameisen und Spinnen.

Schließlich hörte sie in der Ferne Stimmen. Einige davon kamen ihr bekannt vor. Nach weiteren zehn Minuten erreichte sie eine Lichtung. Dort hatte sich scheinbar ein Haufen Piraten versammelt. Sie saßen auf etwas, das einem großen Holzsarg sehr ähnlich war, und debattierten, stritten und redeten so wild durcheinander, dass kaum ein Wort zu verstehen war.

Scarabea pirschte sich vorsichtig heran und spähte durch die Blätter eines großen Farns hindurch. Das waren ja gar keine Piraten! Das waren allesamt Hummelstichler. Da war der Apotheker Carl Feigenbaum. Scarabea erkannte ihn ganz deutlich, auch wenn er eine schwarze Augenklappe trug. Da waren Karsten und Irmtraud Hullalka mit zerschlissener Kleidung und verfilzten, schmutzigen Haaren. Etwas weiter rechts, neben Gisela Maibach und Brunhilde Meuselböck, saß Henrik Butterblum und stocherte mit einem langen Degen lustlos in der Erde herum. Auch die restlichen Mitglieder dieser seltsamen Gesellschaft kannte Scarabea persönlich: Sie entdeckte Wally Rosenstock, Linda Sichelkorn, Hanna Schäfer, Elsa Kleinschmidt, Paula Zeisig, Greta Frühauf und Erna Koslowski, die sie bei dem Kaffeekränzchen in Gisela Maibachs Gartenlaube getroffen hatte. Sie alle trugen schäbige, ausgebleichte Kleider und hatten sich Tücher um den Kopf gebunden.

Scarabea ließ ihren Blick langsam über die Versammlung schweifen. Es waren insgesamt dreizehn Menschen. Dreizehn Mann auf der Totenmannskiste. In ihrer merkwürdigen Aufmachung wirkten sie wie halbseidene Schurken, die gerade in einer fiesen Meuterei ihren Kapitän hinterrücks erdolcht hatten.

Scarabea wusste nicht, wieso, aber irgendetwas sagte ihr, dass sie besser in ihrem Versteck bleiben sollte. Sie war als Beobachterin hier, und das Feuerwerk grotesker Szenen, das ihr Unterbewusstsein veranstaltete, hing zweifellos mit dem aktuellen Mordfall zusammen. Sie wusste nicht, wie lange dieser Traum noch anhalten und was er noch für sie bereithalten würde. Eines aber wusste Scarabea ganz sicher: Diese dreizehn Menschen saßen nicht zufällig dort, sondern waren aus einem bestimmten Grund da versammelt. Es war so klar wie Kloßbrühe. Einer von ihnen war Dirty Harrys Mörder.

Ein Vier-Gänge-Menü zum Frühstück

Borwin schaltete den Herd aus, warf sich das karierte Küchentuch, das ihm als Schürze gedient hatte, über die Schulter und betrachtete zufrieden sein Werk.

Der Inhalt der beiden gusseisernen Pfannen ließ ihm das Wasser im Mund zusammenlaufen. Das Käse-Kartoffel-Omelett, das er mit frischem Koriander abgeschmeckt hatte, duftete verführerisch, und die knusprig braunen Hähnchenflügel, die mit Madeira und gehobelten Mandeln verfeinert waren, sahen einfach zum Anbeißen aus.

Er füllte vier Schälchen mit Orangen-Granatapfel-Salat, gab etwas gehackte Minze darüber und stellte sie auf den festlich eingedeckten Frühstückstisch. In der Mitte des edlen Damasttuches hatte er einen kleinen Strauß bunter Wiesenblumen arrangiert. Daneben stand eine Kanne mit frisch gebrühtem Kaffee. Alles war bereit. Es fehlten nur noch seine Freunde.

In dem Moment, in dem die große Standuhr sieben Mal schlug, hörte Borwin Schritte und Stimmen im Flur. Rasch tupfte er sich über die Stirn und nahm, als Sven, Sara und Scarabea in die Küche traten, die Haltung eines Oberkellners ein.

»Guten Morgen, *mis amigos*. Nehmt Platz, nehmt Platz«, sagte er und vollführte eine galante Verbeugung.

»Gibt es was zu feiern?«, fragte Sara und schaute ihn aus großen Augen an. Daran, dass Borwin in ihrer eigenen Küche jetzt wieder das Zepter übernahm, musste sie sich erst noch gewöhnen, und zu so früher Stunde hatte sie schon gar nicht damit gerechnet. »Oder haben wir irgendwas verpasst?«

Borwin zwirbelte seinen Schnurrbart und drehte eine Pirouette. »Braucht es denn einen Anlass für ein gutes Essen? Eigentlich sollte jeder Tag so beginnen.«

»Kann mich mal jemand kneifen?«, sagte Sven, dessen Arbeitskleidung verriet, dass er schon in den Ställen gewesen war und sich um das Vieh gekümmert hatte. »Ich glaub echt, ich träume.«

Scarabea, die wusste, dass ihre Träume alles, nur kein unvergessliches Frühstück für sie bereithielten, erfüllte umgehend seine Bitte und zwickte ihn in den Oberarm.

»Autsch«, machte Sven und sah Scarabea vorwurfsvoll an. »Doch nicht so doll.«

Scarabea achtete gar nicht darauf, sondern klatschte entzückt in die Hände. »Borwin, das ist wirklich unglaublich. Du musst doch die halbe Nacht in der Küche gestanden haben.«

Borwin machte eine wegwerfende Handbewegung. »Ach, das sind doch nur ein paar Kleinigkeiten.« Er rückte einen Stuhl für Sara zurecht und wartete, bis sie sich gesetzt hatte. Dann tat er das Gleiche für Scarabea. Sven krempelte derweil die Ärmel seines Karohemdes hoch, wusch sich die Hände und nahm ebenfalls Platz.

»Nun rück schon raus mit der Sprache«, sagte er ungeduldig. »Womit haben wir dieses opulente morgendliche Festmahl verdient?«

Borwin hatte bereits Hähnchen und Omelett in flache Tonschalen gefüllt und stellte diese nun auf dem Esstisch ab. »Ganz einfach: Sara muss ein Baby versorgen, und ihr zwei habt noch einen Berg anstrengender Ermittlungen vor euch. Da müsst ihr doch bei Kräften bleiben. Wenn einer von euch vom Fleisch fällt, würde ich mir das nie verzeihen.« Er zwinkerte Scarabea schelmisch zu und wirbelte gleich wieder geschäftig um den Herd herum.

»Apropos, wie geht es mit den Ermittlungen denn eigentlich voran?«, wollte Sara wissen. »Habt ihr schon irgendwas herausgefunden?«

Scarabeas Blick verdüsterte sich. »An Verdächtigen haben wir jedenfalls keinen Mangel.« Sie dachte an die dreizehn Personen, die in ihrem skurrilen Traum auf einem Sarg gesessen hatten. Zugegeben, dem Apotheker und den Hullalkas würde sie so manche verabscheuungswürdige Tat durchaus zutrauen. Aber Henrik Butterblum und die illustre Kaffeeklatschgesellschaft um Gisela Maibach hatte sie bislang nicht als Verdächtige auf dem Radar gehabt. Ganz ehrlich, sie konnte sich beim besten Willen nicht vorstellen, dass jemand wie Brunhilde Meuselböck eine kaltblütige Mörderin sein sollte. Sie war doch nun wirklich die Unschuld in Person.

»Ich glaube ja, dass es der Feigenbaum war«, sagte Sven und riss Scarabea aus ihren Gedanken.

»Der Apotheker?«, fragte Sara und schaufelte sich eine große Portion Omelett auf ihren Teller. »Aber wieso? Doch sicher nicht wegen dem albernen Streit, den er mit Dirty Harry einmal gehabt hat?«

Sven biss in einen Hähnchenflügel. »So albern war dieser Streit gar nicht«, sagte er kauend. »Jedenfalls nicht für Feigenbaum. Immerhin ging es um seine Frau – und du weißt, wie krankhaft eifersüchtig er sein konnte.« Er nahm einen Schluck frisch gepressten Orangensaft. »Wenn an den Gerüchten, dass Frieda mit Stenz eine Affäre hatte, was dran gewesen ist und Feigenbaum davon gewusst hat, dann muss er Stenz gehasst haben.«

»Aber das ist doch Jahre her«, warf Sara ein. »Außerdem sind Frieda und er mittlerweile geschieden. Ein bisschen spät für Rache, meinst du nicht?«

Scarabea, die ihren Orangen-Granatapfel-Salat bereits vollständig verputzt hatte, wischte sich mit der Serviette den Mund ab. »Eine Trennung kommt nie von heute auf morgen. Vielleicht war die Affäre damals der Stein, der alles ins Rollen brachte, und Feigenbaum hat Stenz die Schuld am Scheitern seiner Ehe gegeben.«

»So formuliert klingt das schon ziemlich plausibel«, gab Sara zu und probierte von dem Omelett. Es schmeckte grandios. »Mann, ist das köstlich«, schwärmte sie.

Sven leckte sich die Finger ab. »Außerdem wusste Feigenbaum von Dirty Harrys Herzschwäche und hat ihm unter der Hand Potenzmittel verkauft. Da merkt doch ein Blinder mit 'nem Krückstock, dass da was nicht stimmt.«

Scarabea schenkte sich und den anderen Kaffee ein. Das Verhalten des Apothekers zeugte zumindest von großer Fahrlässig- und Verantwortungslosigkeit. Ob jedoch eine gezielte Tötungsabsicht dahinterstand, konnte man nicht so ohne Weiteres sagen. »Das Fatale an der Sache ist, dass Feigenbaum den Totenschein ausgefüllt und damit eine Obduktion von vornherein verhindert hat. Ohne Autopsie wird man jedoch nicht zweifelsfrei feststellen können, was letztlich zu Dirty Harrys Tod geführt hat. Diese Medikamente, ein Gift oder doch etwas ganz anderes.« Sie dachte an die merkwürdigen Male, die sie auf dem Oberschenkel der Leiche entdeckt hatte. Sie musste unbedingt in ihrem pathologischen Leitfaden nachschlagen und herausfinden, was es damit auf sich hatte.

»Und wenn ihr euch mit den Fakten, die Feigenbaum belasten, an den Kommissar wendet?«, schlug Sara vor. »Dann müsste die Leiche noch einmal von jemand anderem untersucht werden.«

Sven lachte bitter. »Da kennst du Kommissar Pfeiffer aber schlecht. Wenn der einmal einen Fall zu den Akten gelegt hat, dann muss schon ein wahres Wunder geschehen, bevor das Ganze wieder aufgerollt wird.«

Ein unangenehmer Gedanke schoss Scarabea durch den Kopf. »Jedenfalls müssen wir unbedingt eine Einäscherung des Leichnams verhindern.«

Sven lehnte sich entspannt zurück. »Da kann ich dich beruhigen. Ich habe gestern mit Ferdinand Ruhe gesprochen. Es wird eine Erdbestattung, so wie Stenz es mit den Bestattern vereinbart hat. Die Beerdigung ist allerdings schon auf morgen Vormittag angesetzt.«

Die örtlichen Totengräber arbeiten ja wie die Brezelbäcker, dachte Scarabea. Alles ganz schön zackig. Auf ihrer Stirn erschien eine Nachdenkfalte. »Möglicherweise kann uns das sogar nützlich sein. Wenn die Dinge ihren geordneten Gang gehen, wird sich der Mörder in Sicherheit wiegen, und dann macht er vielleicht einen Fehler.«

Sven sah sie überrascht an. »Meinst du, der Täter ist so dreist und taucht bei der Beerdigung auf?«

»Ja, das glaube ich. Wir müssen auf jeden Fall auch hingehen und dabei schön die Augen offen halten.«

Als Krönung der morgendlichen Schlemmerei servierte Borwin ihnen ein Gericht, das er »Die Rache der Azteken« nannte. Nach dem ersten Löffel wusste Scarabea auch, wie dieser Name zustande gekommen sein musste: Bei dem dunkelbraunen, cremigen Schokoladenauflauf bestand allerhöchste Suchtgefahr.

Borwin, der sich nun auch endlich an den Tisch gesetzt und mit dem Frühstück begonnen hatte, beobachtete voller Freude, wie sehr seine Freunde in dem süßen Genuss schwelgten. Er hatte dem Teig etwas gemahlene Chilischote beigegeben, nicht zu viel, doch gerade genug, dass es ganz leicht in der Zunge zwickte. Zufriedenheit machte sich breit, und eine Zeit lang herrschte gefräßiges Schweigen.

»Habt ihr vielleicht eine Ahnung, was das Kürzel ›ZZZ‹ bedeuten könnte?«, durchbrach Sven schließlich die friedliche Stille.

Borwin schüttelte den Kopf und wischte sich mit der Serviette über den Mund. »Noch nie davon gehört.«

Sara zuckte mit den Schultern. »Tut mir leid, das sagt mir auch nichts. Mit dreimal ›L‹ hätte ich helfen können. Das ist die ›La Leche Liga‹, eine Organisation zur Beratung rund ums Stillen.« Sie seufzte schwer. »Ich glaube, da werde ich bald mal anrufen müssen. Meine Stilldemenz wird nämlich immer schlimmer. Ständig vergesse ich irgendetwas. Zum Beispiel weiß ich nicht mehr, wo ich meinen Autoschlüssel hingelegt habe. Und mein Ring ist auch verschwunden.«

Borwin tätschelte ihr aufmunternd die Hand. »Na, na, weit können diese Dinge ja nicht sein. Wenn du möchtest, helfe ich dir beim Suchen, okay?«

Saras Miene hellte sich tatsächlich etwas auf. »Danke, Borwin, das ist wirklich lieb von dir.«

»Hauptsache, du machst die Gatter immer richtig zu«, sagte Sven und klang ganz streng. »Nicht dass noch mal eins von den Tieren ausbüxt und ich statt dem Mörder wieder den Pit suchen muss.«

»Das checke ich ab jetzt immer dreimal«, versprach Sara und streckte Daumen, Zeige- und Mittelfinger in die Luft. »Ganz großes Indianerehrenwort.«

Scarabea schenkte Kaffee nach. »Wo hat sich der Ausreißer denn rumgetrieben?«

Sven lachte. »Du wirst es nicht glauben, aber er ist einmal quer durchs Dorf, dann in den Wald rein und hat dort den Boden aufgewühlt und irgendwelche komischen schwarzen Klumpen oder Knollen gefressen.«

Borwin hustete laut. Beinahe hätte er sich an einem Bissen Hähnchenfleisch verschluckt. In seinen Augen loderte ein Feuer auf. »Moment. Sagtest du gerade Knollen?«

»Ja, so kleine schrumplige Dinger. Zum Glück waren die nicht giftig. Aber so was hab ich noch nie gesehen. Was das wohl sein mag?«

Borwin sprang auf, drückte dem verdutzten Sven einen Schmatzer auf die Stirn und tanzte wie ein Derwisch in der Küche herum.

»Tartufo, Tartufo«, trällerte er und kriegte sich vor Begeisterung gar nicht wieder ein. Er hopste wie ein närrischer Kobold auf und ab, und als er schließlich wieder innehielt, stand er kurz vor einer Schnappatmung. »Der clevere Pit hat Trüffel gefunden«, erklärte er seinen Freunden, die sich doch sehr über sein Benehmen wunderten. »Trüffel!«, rief er erneut, da noch immer niemand in seine Euphorie mit einstimmen wollte. »Habt ihr auch nur die leiseste Ahnung, was das bedeutet?« Er blickte von einem zum anderen und beantwortete gleich darauf die Frage selbst. »Das bedeutet Trüffelrisotto, Spargel-Trüffel-Lasagne, getrüffelte Beluga-Linsen, hausgemachte Trüffel-Pasta und noch so viel mehr.« Seine Augen glühten vor Begeisterung.

Svens Gesichtsausdruck verriet, dass ihn diese Aussichten nur begrenzt vom Hocker hauten. Scarabea und Sara tauschten amüsierte Blicke.

Borwin sank erschöpft auf seinen Stuhl. »Du musst mir unbedingt die Stelle zeigen.«

»Klar, das mache ich«, versprach Sven. »Aber erst fangen wir den Mörder, ge?«

»Erst die Arbeit und dann das Vergnügen«, bestätigte Borwin und rieb sich vor lauter Vorfreude die Hände. »Ach ja«, sagte er plötzlich, als fiele ihm gerade etwas Wichtiges ein. »In der Zeitung steht heute was über Dirty Harry drin.« Er reichte Sven eine aktuelle Ausgabe des »Kyffhäuser Kuriers«. »Auf der Lokalseite unter der Rubrik ›Vermischtes‹.«

Sven schlug die Zeitung auf und suchte die betreffende Stelle. Er überflog kurz den Text, dann las er laut vor:

»Erben gesucht: Vor Kurzem verstarb in Hummelstich Harald Stenz, geboren am 5.9.1959 in Bad Frankenhausen, wohnhaft in Hummelstich. Da eine letztwillige Verfügung nicht vorhanden war, ist nun die gesetzliche Erbfolge eingetreten. Bisherige Ermittlungen haben jedoch keine Nachkommen oder näheren Verwandten ausfindig machen können. Meldet sich binnen sechs Wochen kein gesetzlicher Erbe, fällt der Nachlass an die Gemeinde.«

Sven legte die Zeitung beiseite und blickte neugierig in die Runde.

»Da wird der Hullalka aber mächtig die Daumen drücken und bibbern, dass sich nicht doch noch ein Erbe findet«, meinte Scarabea.

»Ja, das käme ihm schon ganz recht«, bestätigte Sven grimmig.

Scarabea sah ihn eine Weile durchdringend an. »Warum habt ihr mir eigentlich nichts von dem schrecklichen Bauprojekt erzählt?«

Eine leichte Röte huschte über Svens Wangen. »Nach allem, was wir gehört hatten, dachten wir, die Sache sei endgültig vom Tisch.«

Scarabea verschränkte die Arme. »Hullalka sieht das, glaub ich, anders. Wenn der Landbesitz von Stenz tatsächlich an die Gemeinde fallen sollte, dann profitiert er wohl am meisten von Stenz' Tod.«

Sven nickte. »Und seine Frau hat platinblonde Haare. Dass ich da nicht eher drauf gekommen bin.«

»Am Tatort haben wir ein langes platinblondes Haar gefunden«, erklärte Scarabea. »Was den Schluss nahelegt, dass Irmtraud Hullalka ebenfalls mit Stenz in die Kiste gesprungen ist.«

»Das heißt«, fügte Sven hinzu, »Hullalka hatte gleich zwei Gründe, Dirty Harry aus dem Weg zu räumen.«

»Oder die beiden haben es gemeinschaftlich getan«, schlug Sara vor.

Scarabea grübelte. Irmtraud und Karsten Hullalka als Bonnie und Clyde?

»Das kann ich mir nicht vorstellen«, sprach Sven ihren Gedanken aus.

»Das kann ich mir nicht vorstellen«, sprach Sven ihren Gedanken aus.

Sie lächelte ihrem jungen Freund zu. »Womit fangen wir an?«

Sven straffte die Schultern. »Stenz hatte im Nachbarort Tannenglück ein Büro gemietet. Ich schlage vor, wir sehen uns dort einmal um.«

Mühlgrabenweg 15

Keine Stunde später betraten Scarabea und Sven das im idyllischen Mühlgrabenweg gelegene Haus Nummer fünfzehn in Tannenglück. Dirty Harrys Büro befand sich in der obersten der vier Etagen, und da sich die kräftigende Wirkung des opulenten Frühstücks nun vollkommen entfaltet hatte, sprangen sie wie zwei junge Gazellen die Treppen hinauf. Sie fühlten sich, als könnten sie Bäume ausreißen.

Vor einer verschlossenen Tür, neben der ein Emailleschild mit der Aufschrift »Harald Stenz Holdings« hing, blieben sie stehen. Scarabea wollte sich gerade an dem Türschloss zu schaffen machen, doch Sven schob sie sanft zur Seite. Verblüfft bemerkte sie, dass er ein Paar Einweghandschuhe trug.

Er blickte nach allen Seiten und vergewisserte sich, dass sie niemand beobachtete. Dann zog er einen langen Dietrich aus seiner Jackentasche, steckte ihn mit der ruhigen Hand eines erfahrenen Einbrechers ins Schloss, und schon nach wenigen Sekunden sprang die Tür auf.

Nicht schlecht, dachte Scarabea und nickte anerkennend. Kein Vergleich zu letztem Jahr. Hatte er während ihrer Abwesenheit etwa heimlich geübt?

Sie grinste ihm vielsagend zu. Ohne auch nur das leiseste Geräusch zu machen, huschten sie über die Schwelle und schlossen hinter sich die Tür.

Dirty Harrys Büro bestand aus einem einzigen großen Raum, der so hell war, dass sie im ersten Moment ihre Augen vor dem grellen Licht abschirmen mussten. Zwei der vier Wände waren komplett verglast, und obgleich sie mit breiten Jalousien bedeckt waren, bahnte sich die Sonne unbarmherzig ihren Weg in das Zimmer hinein.

Anders als die Wohnung des Ermordeten war dieser Raum pieksauber und aufgeräumt. Keine Spur von Unordnung, nicht das winzigste Stäubchen. Hatte Dirty Harry etwa eine gespaltene Persönlichkeit gehabt?

Scarabea ließ ihren Blick langsam über die Möbel wandern. Neben einem großen Schreibtisch gab es eine gemütliche Sitzecke, eine kleine Küchenzeile, mehrere hohe Regale, die allesamt mit Aktenordnern gefüllt waren, und einen abgeschlossenen Schrank, den Sven mit der gleichen Geschicklichkeit wie die Zimmertür öffnete. Dort kamen weitere Aktenordner und ein kleiner Tresor zum Vorschein.

»Wir werden Wochen brauchen, bis wir uns da durchgewühlt haben«, seufzte Sven mit Blick auf die Akten. Er probierte sich eine Weile erfolglos am Panzerschrank, der nur mit der richtigen achtstelligen Zahlenkombination geöffnet werden konnte. Dann lief er unschlüssig im Zimmer auf und ab und spähte schließlich hoffnungsvoll in den Papierkorb hinein, der neben dem Schreibtisch stand. Enttäuscht ließ er die Schultern hängen. In dem blank polierten Edelstahleimer herrschte gähnende Leere.

Scarabea hatte sich unterdessen ihre roten Ziegenlederhandschuhe übergestreift, sich in den Drehstuhl gesetzt und mit der Sichtung der Dokumente begonnen. Irgendjemand musste ja die Drecksarbeit machen.

Sie hatte sich die Ordner mit der Aufschrift »2015« vorgenommen und plante, sich rückwärts durch die Jahre zu lesen. Es war wieder einmal ihr Instinkt, der ihr sagte, dass sie am ehesten in der jüngeren Vergangenheit fündig werden würden. Außerdem kam ihr nun zugute, dass sie sich aufgrund ihrer bibliophilen Neigung und ihrer jahrzehntelangen Erfahrung mit Büchern ein zügiges, wenn nicht sogar lichtgeschwindigkeitsmäßiges Lesetempo angeeignet hatte. Sie würde einfach alles in sich aufsaugen und in ihrer Hirnenzyklopädie abspeichern.

Wohlgemut steckte sie ihre Nase zwischen die Seiten, und obwohl es sich bloß um Verträge, Rechnungen, amtliche Schreiben, Bankauskünfte et cetera handelte, genoss sie doch die magnetische Anziehungskraft, die die gedruckte Schrift auf sie hatte, und ließ sich bereitwillig mitreißen.

Die Melodie des »Rosaroten Panthers« ließ sie aufhorchen. Es war Svens Handy.

»Grüneis«, meldete er sich und steckte zwei Finger durch die Jalousien, um kurz aus dem Fenster zu sehen.

»Verstehe«, brummelte er schließlich. »Mache mich gleich auf den Weg.«

Scarabea sah ihn fragend an. Es würde doch nicht schon wieder etwas Schlimmes passiert sein?

»Das war der ›Kyffhäuser Kurier‹«, erklärte Sven. »Wie es aussieht, hat sich schon jemand auf das Gesuch in der Zeitung gemeldet, und nun hat man denjenigen an meine Dienststelle verwiesen.«

»Dann gibt es also doch einen Erben?«

»Abwarten. Vielleicht ist es auch nur jemand, der uns hinters Licht führen will.«

Das müssen wir freilich in Betracht ziehen, dachte Scarabea und registrierte zufrieden, dass Svens jugendliche Naivität vollkommen verschwunden war. Diese gesunde Portion Misstrauen, die er seit Neuestem an den Tag legte, stand ihm ausgesprochen gut.

»Fahr nur«, sagte sie. »Ich wühle mich erst mal weiter durch diese Berge und gebe dir Bescheid, wenn ich etwas finde. Und rückwärts nehme ich den Bus.«

Sven lächelte ihr dankbar zu, verabschiedete sich mit einem Zwinkern und verschwand dann so schnell, dass Scarabea glaubte, Zeugin eines Zaubertricks geworden zu sein. Sie schmunzelte und vertiefte sich erneut in ihre Lektüre.

Gegen Mittag legte sie eine kurze Pause ein. Sie dehnte und streckte sich, wobei ihre Knochen wie alte Holzdielen knarrten und knackten. Sie trank ein paar Schlucke von ihrem Glückselixier, das wie üblich eine wohltuend belebende Wirkung hatte, und biss in einen Schokoriegel, den sie in den Tiefen ihrer Handtasche fand.

Obwohl sie erst beim Aktenjahrgang 2013 angelangt war, hatte sie schon einige interessante Informationen zutage befördert. Offenbar hatte Stenz vor nicht allzu langer Zeit von der Gemeinde günstig Ackerland erworben, das kurz darauf, mit allen amtlichen Stempeln und Siegeln, in teures Bauland umgewandelt worden war. Scarabea wusste, dass diese Grundstücksschiebereien gang und gäbe waren. Spekulationsgewinn nannte sich das, und der positive, fast ehrenhafte Klang dieses Wortes widerte sie an.

Sie fragte sich, welche Rolle Karsten Hullalka bei solchen Mauscheleien spielte. Ob der Ortsvorsteher heimlich einen Bonus dafür kassiert hatte? Das würde zu ihm passen, so geldgierig wie er war. Doch die krummen Machenschaften würde sie ihm erst einmal nachweisen müssen, und bislang hatte sie keinen Hinweis auf Bestechlichkeit oder Vetternwirtschaft gefunden.

Sie wusste nicht, was sie dazu veranlasste, aber einer plötzlichen Eingebung folgend kniete sie sich auf den Fußboden und spähte unter den Schreibtisch. Besonders die Unterseite der Tischplatte suchte sie gewissenhaft ab. Doch Fehlanzeige. Was hatte sie denn auch erwartet? Eine geheime Botschaft? Ein Versteck? Wahrscheinlich hatte sie in ihrem Leben zu viele Kriminalromane gelesen.

Da kam ihr plötzlich der Tresor wieder in den Sinn. Sie musste irgendwie an die achtstellige Kombination herankommen. Sie grübelte. Was konnte Dirty Harrys Kombination gewesen sein? Lottozahlen? Irgendwelche Glücksnummern? Viele Menschen gaben das Geburtsdatum eines Angehörigen ein. Einer Person, die sie über alles liebten. Doch Dirty Harry hatte keine Angehörigen. Und wenn er jemanden geliebt hatte, dann nur sich selbst.

Scarabea rieb sich die Stirn. War das des Rätsels Lösung? Sie rief sich die morgendliche Szene ins Gedächtnis, als Sven am Frühstückstisch den Zeitungsartikel vorgelesen hatte. Dirty Harrys Geburtsdatum war auch dabei gewesen. Nach nur wenigen Sekunden sah sie es bildlich vor sich. Fünfter September neunzehnhundertneunundfünfzig. Jawohl.

Sie stand auf, ging zum Tresor und gab die acht Zahlen ein. 05091959. Scarabea hielt gespannt den Atem an. Der Panzerschrank surrte kurz, dann klickte es, und die Tür sprang auf.

Im Inneren gab es zwei Fächer. Das obere war leer, im unteren lag ein brauner zusammengefalteter A4-Umschlag. Neugierig entfaltete Scarabea das Kuvert, welches gänzlich unbeschrieben und nicht verschlossen war. Sie blickte hinein, zog ein Blatt Papier hervor, auf dem ein einziger computergeschriebener Satz stand.

Wenn Sie nicht wollen, dass die Sache publik wird, kostet Sie das 150.000 Euro.

In Scarabeas Fingern kribbelte es. Sie legte den Brief beiseite und spähte in den Umschlag, in dem noch etwas anderes zu sein schien. Irgendein kleiner Gegenstand. Sie griff hinein und zog das Objekt heraus. Es war ein rechteckiger schwarzer Speicherchip.

Überzeugt, dass sie mehr über »die Sache« – die offenkundig heiklen Charakters war – herausfinden würde, steckte sie den Chip in ihr Smartphone. Welcher Skandal mochte wohl hinter dieser Erpressung stecken? Hatte es mit dem geplanten Bauprojekt zu tun? Hatte Dirty Harry Leichen im Keller? Oder ging es dabei bloß um eine Affäre?

Scarabea fiel noch eine weitere Möglichkeit ein. Es konnte auch sein, dass dieser Erpresserbrief gar nicht an Dirty Harry gerichtet, sondern von ihm selbst an jemand anderen verfasst worden war.

Als der Inhalt des Speicherchips auf dem Display erschien, war sie doch ein wenig überrascht, denn es handelte sich um eine MP3-Datei. Sie schaltete den Lautsprecher ein und drückte die Wiedergabetaste. Es rauschte kurz, dann erklang eine bekannte Stimme.

»Hauptsache, das Land ist diesmal clean.« Es war Karsten Hullalka, daran gab es keinen Zweifel.

»Der Boden ist tipptopp«, sagte eine andere Stimme, möglicherweise die von Harald Stenz.

»Klingt nach einem Aber. Oh Mann, Harry, was stimmt denn diesmal wieder nicht?«

Es war also ein Gespräch zwischen Dirty Harry und Hullalka, dem Ortsvorsteher, und es ging um das Bauvorhaben, so viel stand schon mal fest.

»Laut Gutachter hat sich auf einem Teil des Geländes der Fichten-Kugelmarienkäfer angesiedelt. Das ist eine seltene Art, die auf der Roten Liste geführt wird und damit unter Artenschutz steht. Das könnte zum Problem werden.«

»Wieso?«, fragte Hullalka. »Versteh ich nicht. Die sind doch im Winter eh wieder weg.«

»Nee, so einfach ist das nicht, vor allem, wenn es sich um 'ne bedrohte Art handelt. Wenn erst mal so ein verbohrter Tierschützer – und davon haben wir im Dorf ja so einige – davon Wind kriegt und damit an die Presse geht, dann baut kein Mensch hier mehr was hin. Wäre auch nicht das erste Mal, dass ein Bauprojekt aus solchen Gründen gestoppt würde.«

Vollkommen zu Recht, dachte Scarabea und ahnte schon, welche Richtung dieses Gespräch nehmen würde.

»Dann müssen wir diese Käfer eben loswerden«, drang Hullalkas energische Stimme aus dem Telefon. »Sind doch nur Insekten. Diesmal muss alles klappen, hörst du? Noch mal dürfen wir uns nicht so einen Patzer leisten.«

»Und wie sollen wir das bitte schön anstellen?« Dirty Harry klang nun ziemlich kleinlaut.

Ein affektiertes Schnauben war zu vernehmen. Scarabea hielt den Atem an. »Ist mir doch egal. Nimm 'nen Flammenwerfer, oder Mückentötolin. Meinetwegen kannst du dich auch mit 'ner Fliegenklatsche hinstellen und die Viecher einzeln erschlagen. Hauptsache, du unternimmst was und sorgst dafür, dass das Viehzeug verschwindet, klar?«

Scarabea biss sich auf die Unterlippe. Am liebsten hätte sie laut aufgeschrien.

»Wenn das rauskommt, sind wir geliefert«, hörte sie Dirty Harry sagen.

Hullalka lachte trocken. »Die einzige unsichere Stelle scheint mir der Gutachter zu sein.«

»Der hat Geld gekriegt, der sagt nichts.«

»Bist du sicher?«

»Ja, vollkommen. Für die Summe, die ich ihm gegeben hab, schweigt er, hat er gesagt.«

Wieder lachte Hullalka sein böses, finsteres Lachen. Der Mann war offensichtlich zu allem bereit. »Gut, dann ziehen wir das jetzt durch. Wenn das Center erst mal steht, kräht sowieso kein Hahn mehr danach.«

Hier endete die Aufnahme.

Scarabea sank auf den Drehstuhl und hörte sich das Ganze noch ein zweites Mal an, doch es wurde nicht besser. Wut stieg in ihr auf, so sehr, dass sie sie kaum kontrollieren konnte. Hullalka und Stenz waren doch wirklich der größte Abschaum.

Sie schloss für einen Moment die Augen und atmete tief ein. Dann stand sie auf und ballte die Hände zu Fäusten. Dieser elende Muhkübchenmörder Hullalka hatte sich sein eigenes Grab geschaufelt.

Sechzehn potenzielle Erben

Als Sven in den schlammigen Feldweg einbog, der zu seiner kleinen Dienstbaracke führte, sah er am Rande des Rübenackers bereits drei parkende Autos stehen. Dieser ungewohnte Anblick versetzte ihn jedoch nur so lange in Erstaunen, bis er der Menschenschlange gewahr wurde, die sich vor der Tür seines Arbeitsplatzes gebildet hatte. Nun war er völlig verwirrt. Was hatte dieser Auflauf zu bedeuten? So viele Menschen hatten sich noch nie hierhin verirrt. Das konnte doch unmöglich alles mit dem Aufruf in der Zeitung zu tun haben.

Einige der versammelten Männer und Frauen kannte er aus dem Dorf, andere hatte er noch nie zuvor gesehen. Raschen Schrittes ging er auf die Wartenden zu.

»Was ist denn los, Leute?«, fragte er ernsthaft besorgt. Aber statt einer Antwort setzte bloß ein allgemeines Gemurmel ein, aus dem Sven nicht schlau wurde. Etwas verärgert über dieses sonderbare und respektlose Gebaren, bahnte er sich einen Weg zur Tür, schloss sie auf und winkte den ersten Besucher herein.

Die Hummelstichler Polizeidienststelle war nicht gerade ein Fünf-Sterne-Hotel. Wahrscheinlich war sie sogar die kleinste Polizeidienststelle Europas – und die schäbigste noch dazu. Scarabea hatte sie einmal als muffiges Kabuff bezeichnet, in dem man Platzangst und bei längerem Aufenthalt Anwandlungen bekommen würde.

Zugegeben, für Klaustrophobiker war dieser Ort nicht besonders geeignet. Doch für Sven war das halb so schlimm. Eigentlich fand er es sogar recht muggelich und gemütlich. Einzig und allein auf größere Menschenmassen, also Gruppen über drei Personen, war man hier nicht vorbereitet. In Ermangelung eines Wartebereiches musste man deshalb mit dem Rübenacker vorliebnehmen. Der einzige Raum war nicht mehr als vier Quadratmeter groß, auf denen eine bunt zusammengewürfelte Schar abgenutzter Möbelstücke bereits den größten Teil der Fläche einnahm.

Für die Verrichtung der menschlichen Notdurft war eigens ein blaues Dixiklo neben die Baracke gestellt worden, sodass es aus der Ferne wie der Beginn einer Miniaturhaussiedlung wirkte. Das eigenwillige Odeur – eine Mischung aus Gülle, die regelmäßig auf die Felder aufgetragen wurde, und Chemietoilette – war reine Gewöhnungssache.

»Also, wie kann ich Ihnen helfen?«, fragte Sven, nachdem er seinen Computer angeschaltet hatte, und faltete geduldig die Hände ineinander.

Der kahlköpfige Mittdreißiger, der sich breitbeinig auf den Stuhl vor Svens Schreibtisch fallen gelassen hatte, beugte sich nun etwas vor. Seine Stimme klang, als käme sie aus einem verstopften Abflussrohr.

»Ich globe, dass ich mit Dirty Harry verwandt bin. Muttern hat mal erzählt, dass der Bruder ihrer Cousine der Onkel von Dirty Harrys Oma war.«

Sven rief die digitale Protokollvorlage auf, fragte nach dem Ausweis des Mannes und gab die Personalien ein. Der Mann hieß Mario Kasunke, war sechsunddreißig Jahre alt, ledig und wohnte im Nachbarort Tannenglück.

»Können Sie das in irgendeiner Weise belegen, zum Beispiel durch eine Ahnentafel oder dergleichen?«

Ein schiefes Lächeln huschte über Mario Kasunkes Gesicht. »Nee, so was hamm wer nich. Muttern könn wer ooch nich mehr frachen, die had vor zwee Jahrn rübbergemacht.« Ob er mit seiner letzten Bemerkung den westlichen Teil Deutschlands oder das Jenseits meinte, ließ er offen.

»Dann bleibt uns natürlich noch die Möglichkeit, einen DNA-Test zu machen«, sagte Sven. »Sind Sie damit einverstanden?«

Mario Kasunke rutschte unruhig auf dem Stuhl hin und her.

»Ich, äh …«, stammelte er und kratzte sich am Hinterkopf. »Wenn Se meinen.« Er war nicht gerade die hellste Leuchte.

Sven musterte ihn mit einem skeptischen Blick. Das Verhalten des Mannes ließ ihn doch sehr an dem Wahrheitsgehalt seiner Äußerungen zweifeln.

»Ich weeß nur, was Muttern gesacht had«, fügte Kasunke hinzu und entblößte zwei Reihen windschiefer Zähne.

Nur gut, dass es jemanden gibt, auf den man alles abwälzen kann, dachte Sven angewidert, blieb äußerlich jedoch ganz cool.

»Als möglicher Erbe würden Sie natürlich am meisten von Dirty Harrys Tod profitieren. Da noch immer der Verdacht des Mordes im Raum steht, muss ich Sie in dem Zusammenhang auch nach Ihrem Alibi fragen.«

Die Worte verfehlten ihre Wirkung nicht. Mario Kasunkes Gesicht war erst grün, dann aschfahl geworden. »Mord? Alibi? Damit hab ich nix zu tun!« Er sprang auf und sah sich gehetzt um. »Vielleicht had Muttern da was verwechselt. Das kömmt doch vor bei de alte Leute.«

»Heißt das, Sie wollen Ihre Angaben und damit den Anspruch auf das Erbe zurückziehen?«

Mario Kasunkes Augen verdüsterten sich, als hätte jemand eine schmutzige Gardine zugezogen. An seinem mittlerweile hochroten Kopf zuckte eine kleine Ader hervor. Der innere Kampf, den er mit sich austrug, war ihm deutlich anzusehen. Dann obsiegte die Vernunft, er nickte und stürmte ohne ein weiteres Wort zur Tür hinaus.

Sven löschte seufzend den Protokolleintrag und dachte an die Menschenschlange vor seiner Tür. Er musste der Tatsache ins Auge sehen. Die Aussicht auf plötzlichen Reichtum hatte die Leute hierhergebracht. Das und nichts anderes. Es schien ganz logisch, und er konnte es ihnen noch nicht einmal verübeln. Vermutlich dachten sie, dass sie Dirty Harrys Geld dringender bräuchten als die Gemeinde, und ein Versuch sei es eben wert. Auf dem Lande waren doch eh alle über zehn Ecken miteinander verwandt.

Dieses nicht ganz von der Hand zu weisende Argument brachte auch eine der vier angeblichen Großcousinen vor, und zwei der sechs angeblichen Großneffen stimmten darin überein, dass Inzucht auch heute noch ein weitverbreitetes Problem darstellte. Eine angebliche Großnichte dritten Grades hatte einen Karton voll alter Schwarz-Weiß-Fotos dabei, auf denen ein junger Dirty Harry mit verschiedenen jungen Damen posierte, und ein ganz dreistes Pärchen präsentierte Sven sogar einen Stammbaum, auf dem die schwarze Tinte noch nicht ganz getrocknet war.

Ihnen folgte eine Gruppe junger Frauen, die allesamt behaupteten, von Dirty Harry geschwängert worden zu sein, und das Erbe für ihre ungeborenen Bälger einforderten. Hier horchte Sven besonders genau hin, denn dass Dirty Harry bei seinen zahllosen amourösen Abenteuern hin und wieder auch ein Kind gezeugt hatte, schien ihm durchaus plausibel.

So, wie es die Vorschriften von ihm verlangten, protokollierte er gewissenhaft die Angaben, nahm von den betreffenden Personen Speichelproben und belehrte sie, dass sie im Falle eines vorsätzlichen Betruges eine saftige Geldstrafe erwarten würde. Auf diese Ankündigung hin fiel fünf Personen plötzlich ein, dass sie doch nicht mit Dirty Harry verwandt sein konnten, und sie verließen fluchtartig den Raum. Andere wiederum blieben wie festgeklebt auf dem Stuhl sitzen und beharrten auf ihrer Aussage. Trotzdem, da war sich Sven sicher, hatten sie ihm, einer wie der andere, nichts als Lügen aufgetischt.

Als er gegen halb vier den Computer ausschaltete, schmerzte ihm derart der Schädel, als hätte sich ein Specht darin ein Nest gebaut. Zu alledem rief auch noch Scarabea an und sprudelte ganz aufgelöst irgendetwas von Muhkübchen, eiskaltem Mord und Glaspalast durch die Leitung. Sven versuchte vergeblich, sie zu beruhigen, und am Ende des Gesprächs wusste er noch immer nicht, worum es eigentlich ging.

Aus dem Specht in seinem Kopf war mittlerweile ein gemeingefährlicher Albatros geworden. Wollte Scarabea, dass er zum Glaspalast kam? Wieso hatte sie sich so undeutlich ausgedrückt? Sie schien völlig außer sich vor Wut und Rage zu sein – und das sah ihr gar nicht ähnlich. Denn neben all ihrem Temperament verfügte sie normalerweise auch über die nötige Besonnenheit, ihre Gefühle und Emotionen unter Kontrolle zu haben. So langsam beschlich Sven der Verdacht, dass etwas wirklich Schreckliches geschehen sein musste.

Er warf sich eine Kopfschmerztablette ein, schloss die Baracke ab und fuhr zum Haus der Hullalkas. Dort herrschte bereits ein Gedränge, als gäbe es hier einen Wochenmarkt. Ein ganzes Rudel Kamerateams und Fotografen mit riesigen Teleobjektiven drängten sich um das Haus. Wollte Hullalka eine Pressekonferenz abhalten? Doch außer den Medienleuten waren auch viele Bürger aus dem Dorf versammelt, und sie alle bebten vor Empörung.

Sven entdeckte Brunhilde Meuselböck, die ihre Hände zu Fäusten geballt hatte und zornig mit den Füßen auf den Boden aufstampfte. Er ging zu ihr und fasste sie am Arm.

»Hey, Bruni, kannst du mir sagen, was hier vor sich geht?«

»Das weißt du noch nicht?« Brunhilde Meuselböck sah ihn erstaunt durch ihre großen Brillengläser an. Dann brachte sie ihn umgehend auf den neuesten Stand. »Unser feiner Herr Ortsvorsteher hat sich ein Riesending erlaubt. Stell dir vor, auf dem neuen Grundstück, das er für diesen Schandfleck von Supermarkt ausgesucht hat, hat sich eine bedrohte Marienkäferart angesiedelt. Und was macht Hullalka, als er davon erfährt? Er beauftragt Stenz, die Tiere kaltzumachen. Ist das nicht furchtbar? Der Mann hat kein Herz, wenn du mich fragst.« Sie machte eine theatralische Pause und schüttelte ihren großen Kopf. »Scarabea hat das alles rausgekriegt. Und sie hat Beweise.«

Wie auf ein Stichwort tauchte plötzlich Scarabea in Svens Blickfeld auf. Ihr feuerroter Haarschopf leuchtete wie eine Neonreklame. Sie stieg gerade die Treppe zur Haustür hinauf und drückte auf die Klingel.

Sven sah sich um. Das war er also, der Sturm auf den Glaspalast. Früher oder später hatte es ja so kommen müssen, raunten die Leute. Hullalka gehörte einfach nicht hierher. Er war keiner von ihnen. Und nun hatte er etwas getan, das ihm endgültig das Genick brechen würde.

Hullalkas Silhouette erschien an einem der Panoramafenster der zweiten Etage. Sein Gesicht war nicht zu erkennen, doch es gab für ihn sicher keinen Zweifel, was der Aufmarsch vor seinem Haus zu bedeuten hatte. Drei Glasscheiben weiter drückte sich Irmtraud Hullalka das gepuderte Näschen platt. Dann verschwanden beide rasch von der Bildfläche, und man konnte nur vermuten, welche Szenen sich im Inneren des Hauses abgespielt haben mochten.

Draußen hatte sich die Menschenmasse in einen wütenden Mob verwandelt. Dass Hullalka noch nicht einmal den Mumm besaß, sich den Vorwürfen zu stellen, hatte das Fass nun endgültig zum Überlaufen gebracht. Pfiffe, Buhrufe und wüste Beschimpfungen hallten durch die Luft, und viele der aufgebrachten Leute stemmten die Fäuste empor. Fehlten nur noch die Fackeln und Mistgabeln in den Händen.

Dann griff einer der Umstehenden nach einem Stein. Sven, der dies mit Schrecken beobachtete, drängte sich eilig durch die Menschenmasse und steuerte auf den Mann zu. Die Situation durfte nicht eskalieren. Doch es war bereits zu spät. Der Stein sauste schon in hohem Bogen auf den Glaspalast zu.

Allein gegen sieben

Die hellgrünen Äpfel leuchteten verführerisch. Dr. Jekyll watschelte gemütlich über den Küchentisch auf die große Obstschale zu, umklammerte mit seinem Schnabel den Stiel eines besonders saftigen Exemplars und zog es geschickt heraus. Er umrundete den Apfel wie ein Tiger seine Beute, plusterte sein Gefieder auf und biss genüsslich hinein.

Bereits am Morgen hatte er ein Schälchen mit Orangen-Granatapfel-Salat leer geputzt, etwas Kresse aus einem der Kräutertöpfe genascht und sich anschließend einem prächtigen Hirsekolben gewidmet. Es war das reinste Schlaraffenland.

Überhaupt bot dieses Haus den allerhöchsten Komfort. Gepolsterte Fensterbänke, seidenweiche Daunenkissen, flauschige Teppiche. Das war schon etwas anderes als der holpernde Bücherbus. Es war ja nicht so, dass er das in die Jahre gekommene Vehikel nicht schätzte, aber die zahlreichen Annehmlichkeiten, die man in diesem Haus finden konnte, gefielen ihm eindeutig besser. Hier wackelte und verrutschte nichts. Hier war es hell und warm, und es gab genügend Platz. Man konnte nach Herzenslust umherwandeln, sich entspannen oder sich ganz dem süßen Nichtstun hingeben. *Dolce far niente* – genau danach stand ihm der Sinn.

Er brauchte keine Abenteuer, keine Reisen in ferne Länder. Das Vagabundenleben hatte er gründlich satt. Auch nach Aufregungen gesellschaftlicher Art war ihm nicht zumute. Wenn Scarabea schon wieder ihre Nase in die Angelegenheiten fremder Menschen stecken musste, bitte sehr. Er war nicht sonderlich erpicht darauf, einen Mörder zu jagen. Die Angelegenheiten des Dorfes scherten ihn nicht, und die Abgründe hinter den bröckelnden Fassaden waren ihm schnurzpiepegal.

Natürlich musste er ein Auge auf Scarabea haben. Anscheinend hatte sie völlig vergessen, wie gefährlich so eine Verbrecherjagd sein konnte. Mit einem Schaudern dachte er an den kriminellen Irren, der Scarabea vor einem Jahr aufgelauert hatte und den er erfolgreich hatte in die Flucht schlagen können.

Die Rolle des Beschützers gefiel ihm überdies ausnehmend gut, doch da sich Scarabea zurzeit nur selten blicken ließ und auch keine Anstalten machte, ihn irgendwohin mitzunehmen – wofür er im Grunde sehr dankbar war –, gestaltete sich dieses Vorhaben als äußerst schwierig.

Trotzdem, wenn sie ihn brauchte, würde er für sie da sein. Er konnte nahende Gefahren auf mehrere Kilometer Entfernung spüren. Das hatte er im Blut. Schließlich war er ein Sphinx.

Bis vor einem Jahr hatte er ja noch geglaubt, dass er ein Mensch sei. Der junge Typ von nebenan – so wie du und ich. Ein ganz normaler Zweibeiner eben. Doch dann war die Sache mit dem Angreifer passiert, und er hatte diese alles entscheidende Entdeckung gemacht. Aus seinen Seiten ragten doch tatsächlich Flügel heraus – echte Flügel, mit denen er sich – und das war kein Scherz – in die Lüfte erheben und davonfliegen konnte. Menschen konnten ja so allerhand, aber die Fähigkeit zu fliegen besaßen ihre doch eher plumpen Körper nicht. So war Dr. Jekyll schließlich zu der Überzeugung gekommen, dass er in Wirklichkeit gar kein Mensch, sondern ein Sphinx war. Ja, da gab es keinen Zweifel. Er hatte extra in Scarabeas zerfleddertem Ägyptenreiseführer nachgesehen. Er war ein Mischwesen, eine majestätische Erscheinung, groß und kräftig, mit messerscharfen Krallen und dem Herz eines Löwen. Seinem ausgefuchsten Adlerblick entging nichts.

Seit dieser einschneidenden Selbsterkenntnis hatte sich einiges verändert. Er aß mit noch größerem Appetit als zuvor – schließlich musste er bei Kräften bleiben – und tollte und tobte von Zeit zu Zeit nach Herzenslust im Haus herum. Vor allem aber benutzte er nun endlich seine Flügel zu dem ihnen vorgesehenen Zweck. Manchmal schwang er sich bis zu dem ausladenden Kandelaber in der Eingangshalle empor, ein anderes Mal wieder stürzte er sich tollkühn von einem der hohen Schränke oder kreiselte ein paar Runden in der Luft herum. Im engen Bücherbus wäre das unvorstellbar gewesen.

Als Sphinx konnte er sich zudem besonders gut schlafend stellen. Das hatte er auch in jener Gewitternacht getan, als dieser Henrik Butterblum hereingestürmt und sich bei seinen Freunden ausgeheult hatte. Diesem Mann traute er nicht über den Weg. Der trug einen tiefen Groll in sich, das spürte er ganz deutlich. Einen Groll, der fast schon an Hass grenzte, und Hass führte über kurz oder lang immer zu einer abscheulichen Tat. Außerdem hatte der Bauer über sein Treiben in jener Nacht nicht die Wahrheit gesagt. Dr. Jekyll hatte ganz genau hingehört. Durch die Gegend gefahren – das waren Butterblums Worte gewesen. Und das konnte doch nun wirklich alles Mögliche bedeuten.

Dann war da ja noch die Sache mit der Hühner-Mafia. Vielleicht steckte dieses kriminelle Zwerggeflügel ja hinter allem. Zuzutrauen wäre es ihnen jedenfalls. Die schreckten auch nicht vor einem Mord zurück. Ganz sicher aber hatten sie mit dem mysteriösen Verschwinden verschiedener Gegenstände im Haus zu tun. Auch das war seinen Sphinx-Augen nicht entgangen.

Doch Scarabea hatte ihn nicht um Rat gefragt. Niemand hatte ihn um Rat gefragt. Weder im Hinblick auf den Mord noch im Zusammenhang mit den verschwundenen Sachen. Deshalb hatte er beschlossen, die Detektivarbeit den anderen zu überlassen und sich stattdessen ganz dem Müßiggang hinzugeben. Die Menschen würden schon zu ihm kommen, wenn sie seine Hilfe brauchten. Ein gefiedertes Orakel drängte sich schließlich niemandem auf.

Von dem Apfel war mittlerweile nur noch der Kriepsch übrig. Dafür hatte Dr. Jekylls Bauch nun eine deutlich rundere Form angenommen. Satt und ein wenig träge schlenderte er ins Wohnzimmer, rollte sich auf dem geblümten Sofa zusammen und schloss die Augen, um ein kleines Nickerchen zu machen.

Im Traum sah er die Hühnerbande die Hausfassade emporklettern. Sie trugen schwarze Masken über den Augen und erinnerten ihn an die Panzerknacker aus einem Disney-Cartoon. Schnell und mühelos gelangten sie hinauf, so als hätten sie in ihrem Leben nie etwas anderes getan. Schon waren sie auf dem Dachfirst angelangt, wo sie nun mit einigem Gezeter den Schornstein in Angriff nahmen. Was hatten die Unruhestifter nun wieder vor? Wollten sie etwa erneut ins Haus einbrechen und hatten diesmal den Weg durch den Schornstein gewählt?

Na wartet, dachte Dr. Jekyll und eilte zurück in Richtung des Wohnzimmers, wo sich der Kamin befand. Euch werde ich einen gehörigen Empfang bereiten! Doch als er gerade die Eingangshalle durchqueren wollte, hörte er ein leises Gackern über sich. Er blickte nach oben und sah nur noch, wie der große Kandelaber auf ihn herabstürzte. Dann wurde es mit einem Schlag zappenduster.

Als er die Augen das nächste Mal aufschlug, lag er wieder auf der Couch. Doch die dreisten Hühner waren immer noch da. Sie hatten einen Kreis um ihn gebildet und sich über ihn gebeugt. Ihre entrückten, blutrünstigen Blicke verhießen nichts Gutes. Ob denen jemand etwas ins Futter mischt?, dachte Dr. Jekyll so bei sich und zwinkerte, um – wie er hoffte – auch noch die letzten Spuren seines Traumes abzuschütteln. Aber das Bild änderte sich nicht. Die Hühner waren tatsächlich da, egal, wie oft er auch mit den Wimpern klimperte. Sie trugen nun keine Masken mehr, sondern starrten ihn aus zornesglühenden Augen an.

Dr. Jekyll schluckte einen dicken Frosch im Hals hinunter. Er wusste, dass ihm nur noch Sekunden blieben, bevor die wutentbrannte Hühnerbrigade über ihn herfallen würde. Wenn er nicht gleich einen rettenden Einfall hatte, war sein Leben keinen Pfifferling mehr wert. Mit der instinktiven Reaktion, die sein Unterbewusstsein im nächsten Moment in Gang setzte, hatte er jedoch selbst nicht gerechnet. Blitzschnell schnappte er sich ein Hühnerbein, schleuderte das ganze Tier mit aller Macht einmal ringsherum, wodurch er die übrigen sechs Hühner zu Boden schickte. Er mähte sie um wie ein halbes Dutzend Papierkegel.

Der Hahn stieß einen markerschütternden Schrei aus. Er rappelte sich auf, noch wütender als zuvor, und forderte Vergeltung um jeden Preis. Doch Dr. Jekyll hatte sich bereits in die Lüfte erhoben und breitete seine Schwingen so weit auseinander, wie er nur konnte. Während er stetig an Höhe gewann, versuchte er seine Gedanken zu sortieren. Flucht allein würde nicht viel bringen, das wäre nur ein Sieg auf Zeit, und die Bande würde ihm irgendwann erneut auflauern. Nein, er musste ein für alle Mal für Ordnung sorgen. Wenn es ihm gelänge, den Anführer in die Schranken zu weisen, dann würden auch die anderen klein beigeben.

Entschlossen, sich seinen Angreifern zu stellen, ließ er seinen Blick durch den Raum schweifen. Neben dem Sessel stand noch das elektrische Sprudelfußbad, das Sara gestern vor dem

Schlafengehen benutzt hatte. Sogar der Stecker steckte noch in der Steckdose. Und auf dem ovalen Couchtisch entdeckte er die neue batteriebetriebene Babyschlummerlampe, die Sven bei Ebay erworben und am Abend zuvor stolz präsentiert hatte. Da kam ihm plötzlich eine Idee.

Mit der Geschwindigkeit eines Überschallflugzeuges düste er auf die Fenstervorhänge zu, löste geschickt die Schnur der Jalousien, worauf diese heruntersausten und den Raum merklich verdunkelten. Dann stürzte er sich kopfüber in die Tiefe, peilte den Couchtisch an und landete punktgenau neben Lottas Schlummerlicht. Ein gezielter Hieb mit dem Schnabel, und schon begann die Lampe ihre rotierenden Teddybärschatten zu werfen. Wohin man auch blickte – an den Wänden, der Decke und auf beinahe jedem Möbelstück tanzten die kleinen rosaroten Gesellen. Die perplexen Hühner wussten gar nicht, wohin sie als Erstes gucken sollten.

So weit ist der Plan also aufgegangen, dachte Dr. Jekyll zufrieden. Er hatte Zeit gewonnen. Doch der schwierigste Teil stand ihm noch bevor.

Als Nächstes visierte er den Anführer an. Der war schon ein ganz schöner Brocken. Besonders vor dem langen Sporn würde er sich in Acht nehmen müssen. Immerhin waren die Gesetze der Physik auf seiner Seite. Dr. Jekyll sprang vom Couchtisch, wobei er bewusst die Aufmerksamkeit des Hahnes auf sich zog, umrundete die Polsterlandschaft, bis er beim Sessel ankam, und ließ sich auf dem Rand des Sprudelbeckens nieder. »Hierher, du Suppenhuhn!«, rief er und legte unverzagt den Kopf zur Seite. »Fang mich doch, wenn du kannst!«

Der Hahn kam im Stechschritt auf ihn zu und setzte wie ein Leopard zum Sprung an. Für den Bruchteil einer Sekunde stockte Dr. Jekyll der Atem. Er wusste, er hatte nur einen Versuch. Jetzt durfte er sich keinen Fehler erlauben.

Mit der höchsten Konzentration, die er aufbringen konnte, nahm er die Attacke plötzlich in *Slow Motion* wahr. Er sah, wie sich sein Angreifer vom Boden abstieß und mit weit aufgerissenen, blutunterlaufenen Augen auf ihn zugeflogen kam. Dr. Jekyll wartete so lange, bis der Hahn ihn fast erreicht hatte, dann duckte er sich unvermittelt unter dessen kraftstrotzenden Beinen hinweg. Der Hahn, der diese Reaktion nicht vorhergesehen und nun keine Möglichkeit mehr zum Bremsen hatte, schnellte über sein Ziel hinaus und krachte mitten in das abgestandene Fußbadewasser hinein.

Ohne Skrupel stellte Dr. Jekyll den Sprudelschalter auf die höchste Stufe. Die sogleich eindringenden Luftblasen machten dem Hahn schwer zu schaffen, es war, als kämpfe er gegen einen unsichtbaren Feind an, der ihn immer wieder unter Wasser drückte.

Die anderen Hühner, die mitten in ihrer Bewegung erstarrt waren, reckten angestrengt die Hälse. Es blubberte und zischte, und ihr Anführer wirbelte wie ein kaputtes Schlauchboot herum. Als sie begriffen, wie schlecht es um ihn stand, gerieten sie in Panik. Aufgeregt gackernd stieben sie auseinander und hetzten zur Tür hinaus.

Dr. Jekyll wartete noch ein paar Sekunden, bis er den Sprudler abstellte. Keuchend streckte der Hahn seinen Kopf aus dem Wasser und schnappte nach Luft. Dann kletterte er mit letzter Kraft aus dem Behälter heraus, schwankte eine Weile ziellos hin und her, brach dabei immer wieder zusammen, rappelte sich mühsam hoch und humpelte schließlich – noch immer stark benommen – in Richtung Küche und Terrassentür in die Freiheit hinaus.

Dr. Jekyll putzte zufrieden sein Gefieder. Das würde den Ganoven hoffentlich eine Lehre sein. Die Botschaft war eindeutig: Legt euch nicht mit einem Sphinx an!

Achtzehn Milliampere

Scarabea starrte auf das Display des iPads in ihrer Hand. So sehr sie sich auch bemühte, es wollte sich einfach kein Gefühl der Genugtuung einstellen. Im Gegenteil, jetzt, da sie das Geschehen aus einer anderen Perspektive betrachtete, empfand sie sogar Reue und Scham. Es hätte niemals so weit kommen dürfen.

Die Bilder liefen in allen Nachrichten. Immer wieder zeigten sie den Moment der Eskalation, den die diversen Kameras so perfekt eingefangen hatten. Der Moment, als der erste faustgroße Stein die gläserne Hausfassade traf. Eine Nahaufnahme dokumentierte das zerborstene Glas. Sprünge, Risse, Splitter. Dazu dröhnte ein ohrenbetäubender Lärm aus den Lautsprechern. Weitere Steine flogen. Noch mehr Scheiben barsten. Glassplitter überall. Und sie – Scarabea – mittendrin, wie die Anführerin eines Lynchkommandos.

Dabei war sie nie auf Gewalt aus gewesen. Aber sie hatte auch nicht kapiert, wie rasch die Stimmung umschlagen würde. Verrückt, wie schnell die Menschen ihre Hemmungen verloren. Sie hatte viel zu impulsiv gehandelt und dabei eine Lawine losgetreten, die alles mit sich riss, was ihr in den Weg kam, und die sie nicht mehr hatte stoppen können. Jetzt wusste sie, dass es besser gewesen wäre, abzuwarten und in Ruhe über die Angelegenheit nachzudenken.

»Scarabea, ist dir eigentlich klar, *was* du getan hast?« Sven, der auf der anderen Seite der kleinen Sitzecke im Inneren ihres Bücherbusses saß, sah sie aus großen, nachdenklichen Augen an.

Scarabea schluckte. Obwohl sie sich selbst die größten Vorwürfe machte, traf sie die Frage ungewohnt hart. Sie starrte zu Boden und vergrub schuldbewusst ihr Gesicht in den Händen, doch aus irgendeinem Grund, den sie sich nicht erklären konnte, lachte Sven plötzlich auf. Irritierenderweise war es ein fröhliches und ansteckendes Lachen. Sie blickte ihn an.

Svens Augen funkelten nun wie Sterne in einer klaren Winternacht. Da war keine Spur von Enttäuschung, so wie sie es eigentlich erwartet hatte. Er griff nach ihrer Hand. »Du hast die Wahrheit ans Licht gebracht«, sagte er und gab sich keine Mühe, seine Euphorie zu unterdrücken. »Den Menschen die Augen geöffnet. Du hast Hummelstich von einem Despoten befreit.«

Es war unglaublich. Scarabea traute ihren Ohren kaum. Sie hatte einen Tumult angezettelt, dabei das halbe Dorf in eine handfeste Auseinandersetzung verwickelt, und Sven machte ihr noch nicht einmal einen Vorwurf. Stattdessen sprühte er vor Bewunderung und hob sie auf einen Sockel, auf den sie nun wirklich nicht gehörte.

»Zum Glück ist niemand verletzt worden«, seufzte sie. »Das hätte ich mir nie verzeihen können.«

Sven breitete entschuldigend die Arme aus. »Du kannst doch nichts dafür. *Du* hast keine Steine geworfen.«

»Aber ich habe die Menschen dorthin gebracht«, sagte Scarabea leise und sah ihn traurig an. »Und das war ein Fehler. Ich hätte die Angelegenheit nicht an die große Glocke hängen sollen.«

»Damit Hullalka sich klammheimlich davonstehlen kann? Nein, wenn du mich fragst, hast du genau das Richtige getan. Dass ein paar der Leute ausgerastet sind, ist nicht deine Schuld.«

Scarabea zog die Stirn kraus. Er meinte das tatsächlich ernst. »Was wird jetzt mit Hullalka geschehen?« Der Ortsvorsteher hatte sich während der gesamten Belagerung – die schließlich von Sven und einigen beherzten und muskelbepackten Feuerwehrleuten aufgelöst worden war – in seinem Haus verbarrikadiert und keinen Fuß vor die Tür gesetzt.

Wahrscheinlich, so dachte Scarabea, ist es das Beste gewesen, was er in dieser Situation hat machen können. Nicht auszudenken, zu was der wütende Mob noch fähig gewesen wäre. Zu was sie selbst fähig gewesen wäre.

»Ich habe vorhin mit dem Gemeinderat telefoniert«, erzählte Sven. »Hullalka ist vorläufig suspendiert worden, und wenn man die Beweise, die du gefunden hast, geprüft hat, wird er ganz sicher seines Amtes enthoben. Und das Bauprojekt ist damit auch endgültig Geschichte.« Er grinste nun so sehr, dass er wie ein Breitmaulfrosch aussah.

»Ich fasse es nicht, dass er wirklich geglaubt hat, er könnte damit durchkommen.« Scarabea dachte an Hullalkas fiesen Plan und spürte erneut Wut in sich aufkeimen.

»Das wäre er sicher auch, wenn du ihm nicht auf die Schliche gekommen wärst.«

»Leider zieht das Töten von Muhkübchen keine längere Haftstrafe nach sich. Sonst würde er wohl für den Rest seiner Tage im Gefängnis verschwinden.«

Sven nickte verständnisvoll. »Trotzdem wird er sich auf einiges gefasst machen müssen, auch auf juristische Konsequenzen. Und seine Karriere als Kommunalpolitiker ist ein für alle Mal vorbei.«

Für einen selbstverliebten Gockel wie Hullalka ist das wahrscheinlich die Höchststrafe, dachte Scarabea. Aber er wäre auch bestimmt nicht der erste geächtete Politiker, der in der Versenkung verschwinden und klammheimlich an seinem Comeback arbeiten würde. »Die einzige positive Entwicklung für ihn im Moment ist, dass er nun nicht mehr auf unserer Liste der Verdächtigen steht.« Das, so musste sie zugeben, war schon eine kleine Enttäuschung gewesen. Doch das Gespräch nach dem Eklat hatte keine Zweifel offengelassen.

»Wer hätte gedacht, dass Hullalka und seine Frau zu einer Paartherapie gehen?«, fasste Sven das Alibi der beiden zusammen. »Jedenfalls waren sie den ganzen Abend und die ganze Nacht über zweihundert Kilometer weit weg. Das Hotel hat den Aufenthalt der beiden bestätigt.«

»Das bedeutet auch«, fügte Scarabea hinzu, »dass Irmtraud Hullalka in jener Nacht nicht dort gewesen sein kann. Demzufolge muss das Haar, das wir in Dirty Harrys Bett gefunden haben, von jemand anderem stammen.«

»Verdammt«, murmelte Sven, machte ein angesäuertes Gesicht und kratzte sich am Kinn. Vermutlich grübelte er darüber nach, wie viele Frauen mit langen platinblonden Haaren es in dieser Gegend noch gab.

Doch Scarabea war bereits drei Schritte weiter. »Wir müssen unbedingt hinter die Bedeutung dieser Male kommen«, unterbrach sie Svens Gedanken. »Du weißt schon, die zwei rötlich braunen Punkte auf Dirty Harrys Oberschenkel«, ergänzte sie, als sie das große Fragezeichen auf seiner Stirn sah.

Schon huschte sie durch die schmale Tür, die den winzigen Wohnbereich im Inneren des Busses von dem langen, mit Büchern angefüllten Gang trennte, und kehrte kurz darauf mit einem kleinen unscheinbaren Buch in der Hand zurück. Der smaragdgrüne Papierumschlag zeigte einige Abnutzungsspuren, und die leicht gewellten Seitenkanten verrieten, dass das Buch wohl nur selten in einem Regal stand. Offenbar hatte Scarabea schon oft darin geblättert.

Sie setzte sich so, dass der Lichtkegel der Messingleselampe auf das Buch fiel, schlug es auf, suchte nach der betreffenden Seite und las.

»Na sieh mal einer an«, sagte sie und holte ihr Smartphone hervor, um die Fotos, die sie von den Malen gemacht hatte, mit den Abbildungen im Buch zu vergleichen. »Das sind Strommarken. Eindeutig.«

Sven reckte neugierig den Hals. »Bist du sicher?«

»Natürlich. Schau doch.« Sie hielt ihm Buch und Handy unter die Nase.

»Dann wurde Stenz also mit Strom um die Ecke gebracht? Aber wie hat der Mörder das angestellt?«

Scarabea lächelte grimmig. »Das werden wir mit einem Experiment herausfinden.«

Ohne Umschweife drückte sie Sven das Buch in die Hand. Konnte ja nicht schaden, wenn er auch mal einen Blick hineinwarf.

»Als Erstes brauchen wir Fleisch!«, rief sie und stürmte schon wieder davon.

Sven war noch immer völlig perplex. Strom? Wieso ausgerechnet Strom? Noch mehr als über das Warum wunderte er sich über das Wie. Klar, er wusste schon, wie man einem Menschen mit Strom den Garaus machen konnte. Doch die klassische Herangehensweise – Föhn in der Badewanne – konnten sie eindeutig ausschließen. Wie also waren die zwei linsengroßen Strommarken auf Dirty Harrys Oberschenkel entstanden?

Ehe er sichs versah, war Scarabea wieder zurück und hatte ein in Klarsichtfolie eingewickeltes halbes Schweinebein auf den Tisch gedonnert. Sie war ganz außer Atem, als wäre sie den Weg zur Metzgerei und zurück gerannt.

»Glück gehabt«, schnaufte sie und hielt sich die Seite. »Meuselböck wollte gerade zumachen.«

Sie wickelte das Fleisch aus der Folie und platzierte es in der Mitte des Tisches. »So«, sagte sie energisch und holte tief Luft. »Als Nächstes brauchen wir Strom.«

»Scarabea, was ...?« Sven sah sie entgeistert an. Vermutlich hielt er sie für völlig plemplem.

Doch Scarabea ließ sich davon nicht beirren. Aus einem Schubfach, das seitlich in das Sitzmöbel integriert war, kramte sie eine Verlängerungsschnur hervor. Danach griff sie in ihre Handtasche und zog ein Butterflymesser heraus.

Sven widerstand der Versuchung, ihr mitzuteilen, dass das Mitführen solcher Messer seit Neuestem untersagt war. Scarabea hätte darüber eh nur milde gelacht. Die ganze Aktion hier war ihm jedoch alles andere als geheuer.

»Meinst du nicht, dass das gefährlich ist?«

Scarabea verdrehte die Augen. »Ach, sei nicht immer so ein Hasenfuß.« Sie ließ das Messer aufschnappen und schnitt kurzerhand das Kabel durch.

Sven schluckte. Das konnte ja heiter werden.

Vorsichtig entfernte Scarabea einen Teil der Kabelummantelung und legte damit die Enden der Kupferdrähte frei. Dann steckte sie den Stecker in eine Steckdose und hielt die Drähte an das Schweinefleisch. Es waren nur wenige Sekunden, doch das leise knisternde Geräusch und der sengende Geruch machten unmissverständlich deutlich, welche verheerenden Auswirkungen der Strom auf das Beinstück hatte.

Scarabea zog den Stecker aus der Steckdose und legte das Kabel beiseite. Auf dem Fleisch war eine große, runde Strommarke zu erkennen, größer noch als die, die sie bei Dirty Harry gefunden hatten. Außerdem waren es ja zwei Strommarken gewesen, beide gleich groß und relativ dicht beieinander. Scarabea besah sich noch mal die Aufnahme auf ihrem Handy, und Sven blickte ihr angestrengt über die Schulter.

»Warte mal!«, rief er plötzlich und schlug mit einer Hand das imaginäre Brett von seiner Stirn. »Ich glaube, ich weiß, was das verursacht haben könnte.«

Er eilte davon und kehrte nach geraumer Zeit mit einem Gegenstand zurück, der auf den ersten Blick aussah wie eine gewöhnliche Taschenlampe. An dem gelben zylinderförmigen Plastikgehäuse war jedoch nirgends eine Glühlampe zu erkennen.

»Was ist das?«, fragte Scarabea neugierig, und Sven, der überrascht war, etwas gefunden zu haben, worüber Scarabea nicht Bescheid wusste, kostete den Moment aus.

»Ja, was mag das wohl sein, hm?« Er grinste schelmisch. »Ein Viehtreiber ist das natürlich.«

Er schaltete das Gerät ein und hielt es ganz kurz an das Schweinebein. Die Ähnlichkeit zu den Malen auf den Fotos war verblüffend.

»Normalerweise ist der Strom aus diesem Gerät nicht tödlich«, sagte Sven. »Aber bei einem Menschen mit schwachem Herzen können die Auswirkungen verheerend sein.«

Scarabea nickte. »Jetzt wissen wir, wie Dirty Harry ermordet worden ist.«

Neun Lilien, zehn Rosen

Große, kugelrunde Krokodilstränen tropften wie ein Sommerregen auf das grüne Moos, das wie ein weicher Teppich den Boden des Dorffriedhofs bedeckte. Ein heftiges Schluchzen übertönte den lieblichen Gesang der Vögel, und die sonst so neugierigen Eichhörnchen zogen sich rasch in die hintersten Winkel ihrer Behausungen zurück. Die Kirchenglocken läuteten, und als der letzte Schlag verklungen war, setzte eine angespannte Stille ein.

Neben einem offenen Grab war ein rustikaler Eichensarg aufgestellt, halb umkreist von einer Gruppe schwarz gekleideter Menschen. In der ersten Reihe standen hauptsächlich Frauen mit großen schwarzen Hüten, dunklen Sonnenbrillen und Leichenbittermienen. Die meisten hielten Blumen in den Händen oder drückten sich bestickte Spitzentaschentücher vor die gepuderten Nasen.

Dirty Harrys Beerdigung bot die ganze Bandbreite schwülstig-kitschiger Trauerromantik. Es war wie in einem schlechten Film. Sogar die junge Pastorin, die sich nun zu der versammelten Menschentraube gesellte, wirkte gramgebeugt. Sie schlug eine Bibel auf, las Vers um Vers und führte die Versammelten durch eine schier endlose Reihe klerikaler Liturgien und Gebete. Mit sanfter, wenngleich auch etwas belegter Stimme sprach sie von der Vergänglichkeit des Lebens und von der Vergebung der Sünden, von himmlischen Heerscharen und vom ewigen Umherwandeln im Paradies.

Scarabea, die zusammen mit Sven das Geschehen aus einiger Distanz beobachtete, schaltete irgendwann gelangweilt ab. Der Kastanienbaum, an dem sie lehnten, spendete wohltuenden Schatten, sodass sie hart an sich halten musste, um nicht einzudösen. Immer wieder driftete ihr Kopf zur Seite, und die Augen fielen ihr zu. Immer wieder biss sie sich auf die Innenseite ihrer Wange, um wach zu bleiben.

Sie dachte daran, wie sie vor einem Jahr ihre beste Freundin Henrietta zu Grabe getragen hatten. Das war ein ganz anderes

Kaliber gewesen, nicht zu vergleichen mit dieser schnarchigen Veranstaltung hier.

Scarabea gähnte laut. Wie sie sich ihre eigene Beerdigung vorstellte? Nun, ein bisschen wie Woodstock vielleicht. Auf jeden Fall wünschte sie sich Musik anstelle der langen Reden. Eine ausgelassene, fröhliche Menschenmenge, die ihrer mit AC/DC- und Jimi-Hendrix-Liedern gedachte. Trinksprüche statt Bibelverse. Hippie-Outfits statt Trauerkleidung. Das würde ihr gefallen. Krokodilstränen, bestickte Spitzentaschentücher und Leichenbittermienen gefielen ihr nicht so sehr.

Sie dachte gerade daran, wie sie bei Henriettas Beisetzung »Highway to Hell« gesungen hatte, als ihr klar wurde, dass Sven sie mit hochgezogener Augenbraue anstarrte. Ihr Grinsekatzengesicht irritierte ihn anscheinend sehr. Ach, diese jungen Leute heutzutage. Keinen Sinn für Sarkasmus und schwarzen Humor. Kein Wunder, dass es mit der Gesellschaft den Bach runterging. Wann würden die Menschen endlich begreifen, dass der Tod nicht ihr Feind war?

Scarabea hatte sich schon immer ihre Gedanken über den Tod gemacht. Das war keine Frage des Alters. Es war eher eine Lebenseinstellung. Bereits in ihrer Jugend hatte sie sich gefragt, was der Tod eigentlich bedeutete. Sie hatte alles zu dem Thema begierig aufgesaugt – Bücher, Filme, Lieder. Und sie hatte schließlich in sich die Antwort auf ihre Frage gefunden. Der Tod war Teil der Geburt. Nur wenn der Kreis sich schloss, konnte er von Neuem beginnen. Materie, speziell der menschliche Körper, war nicht für die Ewigkeit gemacht. Seelen dagegen schon. Ein zutiefst tröstlicher und befreiender Gedanke, in den sie sich einhüllen konnte wie in eine Decke.

Natürlich hatten die verschiedenen Religionen, die sie während ihrer Streifzüge durch die Welt kennengelernt hatte – allen voran der Buddhismus –, zu ihrem Glauben beigetragen. Doch da war noch mehr. Da war ein Gefühl in ihr, ein Gefühl, das beinahe schon an Gewissheit grenzte. Sie hatte den Tod bereits durchlebt. Mehrere Male sogar.

Das konnte sie nicht erklären, es gab keine Erinnerungen an frühere Leben, und sie war auch noch nie auf die Idee gekommen, mit einer mentalen Rückführung mehr darüber zu erfahren. Das, was sie tief in sich spürte, reichte ihr vollkommen aus. Sie war gestorben, und es war nicht schlimm gewesen, sondern hatte sie weitergebracht. Sie war gestorben, und sie würde wieder sterben. Heute, morgen, irgendwann – das spielte keine Rolle. Wann immer es so weit war, sie würde dem Gevatter Tod, der ihr wie ein alter Bekannter vorkam, mit einem Lächeln auf dem Gesicht begegnen. Dieser Gedanke stärkte und beruhigte sie.

Ein grässliches Geräusch, das wie lautstarker Katzenjammer klang, katapultierte sie wieder ins Hier und Jetzt zurück. Die Pastorin hatte ein Lied angestimmt, und die Menge war vollkommen unmusikalisch mit eingefallen.

»Hallelu-ja, Hallelu-ja«, ertönte der verstörend schiefe Singsang. Am liebsten hätte Scarabea sich die Ohren zugehalten.

Ob sich der Mörder tatsächlich unter die Versammelten gemischt hatte? Scarabea hatte schon einige bekannte Gesichter entdeckt. Da waren zum Beispiel die sechs hysterischen Frauen, die vor der Eisdiele wie tollwütige Gänse aufeinander losgegangen waren. Nun standen sie einträchtig nebeneinander – man hätte sie fast für Schwestern halten können – und gehörten zweifellos zu der Kategorie trauernde Beinahe-Witwen in der ersten Reihe.

Weiter hinten und wesentlich weniger ergriffen standen Gisela Maibach, Wally Rosenstock und die Meuselböcks. Ihren versteinerten Mienen zufolge stellten sie mit ihrer Anwesenheit bloß ihren Anstand unter Beweis. Dass man innerhalb der überschaubaren Dorfgemeinschaft an Beerdigungen teilnahm, gehörte hier bei vielen Leuten noch immer zum guten Ton.

In einer der hintersten Reihen erkannte Scarabea das fleischige Gesicht des Apothekers, und am Rande des Friedhofs illerte Henrik Butterblum hinter einem dicken Baumstamm hervor. Letzterer trat unruhig von einem Bein aufs andere, als ob er ein dringendes Bedürfnis hätte, und hatte die Hände zu Fäusten geballt. Irgendetwas stimmte mit ihm ganz und gar nicht.

»Ich weiß nicht, was mit Butterblum los ist«, murmelte Sven, der das merkwürdige Benehmen des Bauern ebenfalls bemerkt hatte. »Vor Kurzem noch war er ein Häufchen Elend, dann fährt er quietschvergnügt mit seinem Trecker durch die Gegend, und nun hüpft er wie Rumpelstilzchen auf der Stelle herum. Das sieht ihm gar nicht ähnlich. Normalerweise ist er die Ausgeglichenheit in Person.« Er verschränkte die Arme. »Meinst du, er leidet vielleicht an Depressionen?«

Scarabea verneinte. Nach depressivem Verhalten sah das weniger aus. »Es gibt etwas, das ihn emotional aufwühlt. Und das hat irgendwie mit Dirty Harry zu tun.«

Sven zog die Stirn kraus. »Ich dachte eigentlich, die beiden hätten nie etwas miteinander zu schaffen gehabt. Jedenfalls sollten wir unbedingt mal mit ihm darüber reden.«

Eine halbe Stunde später war die Zeremonie vorüber, der Sarg lag in der Erde, und über dem zugeschaufelten Grab türmten sich Blumen und Kränze. Die Menschentraube hatte sich in alle Winde zerstreut, ein Beleg dafür, dass sich für die Ausrichtung eines Leichenschmauses anscheinend niemand zuständig fühlte.

Sven und Scarabea näherten sich langsam dem Grabhügel. Mit all den Blumen, den Gebinden, den Schleifen und Grablichtern wirkte er wie ein buntes Monument, wie ein abstrakt-chaotisches Kunstwerk.

Scarabea blickte lange dorthin. Irgendetwas irritierte sie, aber sie wusste nicht genau, was es war. Am Fuße des Hügels lag ein Strauß roter Rosen. Zehn Stück. Daneben ein Gebinde aus neun orangefarbenen Lilien. Es kribbelte in ihren Fingern, das vertraute Zeichen, dass sie auf dem richtigen Weg war. Doch was stimmte mit den Blumen nicht? Sie konnte es nicht sagen. Es fühlte sich bloß komisch an. Wie ein Gegensatz.

Auf dem kurzen Heimweg sprachen sie kein Wort. Scarabea war tief in ihre Gedanken versunken.

Rosen. Lilien.

Lilien. Rosen.

Die Rose stand für Liebe und Zuneigung. Für Romantik. Mit ihr drückten die Menschen ihre Sympathie aus. Doch wofür stand die Lilie? Ganz bestimmt war sie mehr als nur Grabschmuck.

Scarabea erinnerte sich, dass sie einmal ein Buch in der Hand gehabt hatte, in dem es um die Bedeutung der verschiedenen Blumen ging. Nach einiger Überlegung fiel ihr auch der Titel wieder ein: »Hanakotoba – Die Sprache der Blumen«. Als sie den Grüneis'schen Bauernhof erreicht hatten, lief sie rasch in ihren Bücherbus und holte das Buch aus einem der Regale hervor. Das Kapitel über die orangefarbene Lilie hatte sie schnell gefunden und überflog es in affenartiger Geschwindigkeit. Zwei Worte sprangen ihr dabei sofort ins Auge. Das eine war Rache. Das andere Hass.

Mörderjagd 2.0

Die gute alte Pink-Panther-Melodie kündigte erneut einen Anruf an. Scarabea blickte gebannt von ihrer Lektüre auf. Sie liebte diese Musik, und für einen Moment war ihr, als würde die schlaksige, rosarote Raubkatze tatsächlich durch den Bücherbus tapsen.

Mit einer schnellen Bewegung zog Sven das Handy aus der Jackentasche und schaute auf das leuchtende Display. Es war sein Kollege von der Kriminaltechnik in Bad Frankenhausen. Rasch nahm er den Anruf entgegen und lauschte angestrengt der tiefen, sonoren Stimme. Dabei stieß er mehrere Male ein verdrießliches »Oje!« aus und machte ein zutiefst irritiertes Gesicht.

»Irgendetwas Neues?«, fragte Scarabea, nachdem er wieder aufgelegt hatte.

Sven rieb sich die Schläfen, als könne er damit seine Gehirntätigkeit anregen. »Das Haar, das wir in Dirty Harrys Bett gefunden haben …«, murmelte er und machte keinerlei Anstalten, den Satz zu Ende zu führen.

»Was ist damit?«

Er atmete schwer. »Es … stammt von einer Inderin.«

Nun schaute auch Scarabea verdutzt drein. Es war doch ziemlich unwahrscheinlich, dass sich ausgerechnet eine Frau indischer Abstammung, die sich dazu noch die Haare platinblond färbte, in diese Gegend verirrte. Hummelstich war ja nicht gerade der Nabel der Welt. Außerdem war es nur sehr schwer vorstellbar, dass so eine exotische Erscheinung das Dorf unbemerkt betreten und wieder verlassen haben sollte. Dem hiesigen Horch-und-Guck-Verein wäre das bestimmt nicht entgangen.

»Dirty Harry muss sie bei Nacht und Nebel in seine Behausung geschleppt haben«, brütete Sven einen ähnlichen Gedanken aus. »Und rückwärts das Gleiche. Sonst wäre sie doch irgendjemandem mal aufgefallen.«

Scarabea wusste auch noch eine andere Erklärung. Sie dachte an die Schlange von Gläubigen vor dem Tempel von Palani, die zum Teil weite und gefährliche Wege auf sich genommen hatten, um sich die Köpfe scheren zu lassen und ihre Haarpracht ihren Göttern zu opfern. Dieses Ritual war in ganz Indien verbreitet, und irgendwann war jemand auf die Idee gekommen, die Haare zu verkaufen. Mittlerweile lebte eine ganze Industrie davon.

»Indische Haare werden oft für Perücken verwendet. Weil sie besonders dick und robust sind.«

Sven schlug die Hände über dem Kopf zusammen. »Na prima. Das heißt, wir fangen wieder bei null an, oder was? Das könnte ja jeder gewesen sein.«

Scarabea war da wesentlich optimistischer. »Perücke hin oder her. Ich glaube nicht, dass Dirty Harry sein Bett mit einem Transvestiten geteilt hat. Das hätte er gemerkt.«

»Also suchen wir noch immer nach einer Frau.«

»Definitiv.«

»Aber ist sie auch die Täterin?«

»Möglich, aber nicht notwendigerweise.«

Sven kaute an seinen Fingernägeln herum. »Und was nun? Wir können doch nicht nach einer Perücke fahnden. Ich wüsste gar nicht, wo ich da anfangen sollte zu suchen.«

Scarabea lachte. »Kein Problem, mein lieber Watson. Wenn eine Spur ins Trübe führt, muss man sich eben der nächsten zuwenden.« Sie drückte ihm das Buch mit der Aufschrift »Hanakotoba – Die Sprache der Blumen« in die Hand und klärte ihn mit wenigen Worten über ihre Gedanken zu dem Lilienarrangement auf Dirty Harrys Grab auf.

Sven sah wenig überzeugt aus. »Also ich weiß nicht. Rache und Hass – durch die Blume gesagt? Ist das nicht ein bisschen weit hergeholt?«

Scarabea ließ sich von ihrer Idee jedoch nicht abbringen. Sie spürte, dass da etwas dran war, und wollte wissen, wer die neun orangefarbenen Lilien auf das Grab gelegt hatte. Um das herauszufinden, rief sie beim Bestattungsunternehmer Ruhe an, wo sie erfuhr, dass die Blumen von der Gärtnerei Hagen aus Tannenglück angeliefert worden waren. Wer das spezielle Gebinde jedoch bestellt hatte, konnte der Bestatter nicht sagen.

Also klemmte sich Scarabea hinter das große Lenkrad, bedeutete Sven, hinter ihr auf einem Klappsitz Platz zu nehmen, und ließ mit einem blitzartigen Dreh des Zündschlüssels das monströse Gefährt anspringen.

Schon rollte der Bücherbus vom Hof, den gewundenen Weg entlang, und bog auf die schmale Landstraße ein. Scarabea trat aufs Gaspedal, und als sie das Ortsausgangsschild passierten, zeigte die Tachonadel bereits stolze hundertzwanzig Stundenkilometer an.

»Nicht so schnell«, keuchte Sven, der ganz grün im Gesicht wurde und sich an seinem Klappsitz festklammerte.

»Ach, hab dich nicht so«, grummelte Scarabea. »Du klingst ja beinah so wie der Kommissar.«

Dieser Seitenhieb verfehlte seine Wirkung nicht. Sven presste die Lippen aufeinander und starrte für den Rest der Fahrt verärgert aus dem Fenster.

Die Gärtnerei Hagen bestand aus vielen langen Gewächshäusern und grenzte direkt an den Dorffriedhof von Tannenglück. Ein kleiner Verkaufsraum machte mit allerhand bunten Hinweistafeln und einer Horde lebensgroßer Strohtiere auf sich aufmerksam. Im Inneren waren zwei Dutzend Vasen mit den verschiedensten Blumen gefüllt. Die orangefarbenen Lilien stachen dabei besonders ins Auge.

»Guten Tag«, grüßte die Verkäuferin freundlich und strich sich über die dunkelgrüne Polyesterschürze. »Kann ich Ihnen behilflich sein?«

Sven sah zu Scarabea, die still die Blumen bewunderte. Eigentlich hatte er ja vorgehabt zu schmollen. Er war davon ausgegangen, dass Scarabea das Reden übernehmen und er sich im Hintergrund halten würde. Doch sie stand bloß über das Meer aus Rosen, Gerbera und Margeriten gebeugt und sog den lieblichen Duft der Blumen ein.

»Polizei Hummelstich«, stellte er sich vor und zeigte der Verkäuferin seinen Dienstausweis. »Wir brauchen eine Auskunft von Ihnen. Wissen Sie noch, wer die orangefarbenen Lilien für die heutige Beerdigung von Harald Stenz bestellt hat?«

Die Verkäuferin dachte kurz nach, dann nickte sie eifrig. »Ja, das war eine ältere Frau. Sie war recht zierlich und hatte kurze graue Locken, wenn ich mich recht entsinne. Und sie trug eine riesengroße Brille.«

Sven und Scarabea wussten sofort, auf wen die Beschreibung zutraf. Doch so richtig konnten und wollten sie es nicht glauben.

Brunhilde Meuselböck stand hinter dem Verkaufstresen der Metzgerei und wippte nachdenklich mit ihrem voluminösen Kopf hin und her.

»Das ist aber schön, dass ihr mal wieder vorbeikommt!«, rief sie fröhlich, als sie Sven und Scarabea erblickte. »Schon seit einer Stunde herrscht hier die totale Flaute, und ich bin kurz davor, mich zu Tode zu langweilen. Wollt ihr vielleicht eine Wurstsemmel?«

Die beiden Besucher schienen jedoch weder auf einen Imbiss noch auf eine freundschaftliche Plauderei aus zu sein.

»Wieso macht ihr denn so ernste Gesichter?«, fragte Brunhilde und rückte ihre Brille zurecht.

Sven stemmte die Hände in die Hüften. »Leugnen ist zwecklos. Wir wissen alles.«

»Was wisst ihr?«

Sven verdrehte genervt die Augen. Er hatte absolut keine Lust auf Spielchen. »Wir wissen, dass du die orangefarbenen Lilien für Dirty Harrys Grab gekauft hast.« Er klang wie ein rostiger alter Leierkasten.

»Ach so«, sagte Brunhilde ganz gleichmütig. »Ja, das stimmt.«

Sven ballte triumphierend die Fäuste. »Aha. Also gibst du zu, dass du damit öffentlich deinen Hass auf Stenz zum Ausdruck bringen wolltest.«

»Hä?« Brunhildes Augen wurden so groß wie die Mortadellascheiben, die vor ihr in der Glasvitrine lagen. Sie schaute wie paralysiert zu Sven, der das Verhör ohne Umschweife fortsetzte.

»Wolltest du damit ein Zeichen setzen? Oder war es Rache? Aber wofür?«

»Wovon redest du da bitte?«, brachte Brunhilde mühsam hervor. Offenbar verstand sie noch immer kein Wort.

Doch Sven kam jetzt erst richtig in Fahrt. »Was hat Dirty Harry dir angetan, dass du solch einen Groll gegen ihn empfindest? Es muss etwas sein, das dich bis zum Äußersten getrieben hat, ge? Er hat dich gepiesackt, so lange, bis du nur noch einen Ausweg gesehen hast, nämlich ihn umzubringen.«

Brunhilde schnappte empört nach Luft. »Bist du jetzt von allen guten Geistern verlassen?« Ihr Kopf wackelte so heftig, dass es aussah, als ob er jeden Moment von dem dünnen Hals herunterfallen würde.

Scarabea trat unruhig von einem Bein aufs andere. Sven hatte die richtigen Fragen gestellt. Doch sie waren an die falsche Person gerichtet. Brunhilde war keine eiskalte, abgebrühte Mörderin. Da war sie absolut sicher. Sven rannte blindlings auf dem Holzweg entlang, und es würde nicht einfach werden, ihn zu stoppen. Da ihr gerade nichts Besseres einfiel, fing sie an, die Pink-Panther-Melodie zu pfeifen.

Sven, der gerade zu einem weiteren verbalen Schlag ansetzen wollte, sah sie verwirrt an.

»Ich glaube, wir haben fürs Erste genug gehört«, sagte Scarabea und kniff Sven in den Oberarm. »Nur eine Frage noch. War das mit den Lilien deine Idee?«

Brunhilde, die sich noch immer in einer Art Schockzustand befand, nestelte nervös an ihrer Kittelschürze herum. »Das haben wir in großer Runde besprochen. Beim Kaffee.«

Natürlich, das Kaffeekränzchen. Scarabea sah die illustre Gesellschaft direkt vor sich. Brunhilde Meuselböck, daneben Wally Rosenstock, Linda Sichelkorn und Paula Zeisig, dann Hanna Schäfer, Elsa Kleinschmidt, Erna Koslowski, Greta Frühauf und Gisela Maibach. Die Damen waren ihr doch auch allesamt in ihrem skurrilen Traum erschienen.

Während sie die Metzgerei verließen und langsam durch das Dorf gingen, grübelte Scarabea darüber nach. Neun Frauen. Neun Lilien. Die Neun war hier das Entscheidende. Auch erinnerte sie sich, diese Zahl noch in einem anderen Zusammenhang gelesen und gehört zu haben. Die Schnipsel im Papierkorb. Die kurze handschriftliche Drohung mit der sonderbaren Unterschrift.

Scarabea pfiff noch immer die Pink-Panther-Melodie vor sich hin, doch selbst bemerkte sie es gar nicht. So wie es aussah, waren sie soeben der neunschwänzigen Katze auf die Schliche gekommen.

Formular Nummer einundzwanzig

»Ein Gläschen Pfefferminzlikör?«, fragte Gisela Maibach und hielt eine schmale Flasche mit einer giftgrünen Flüssigkeit und einem selbst gebastelten Etikett in die Höhe.

Scarabea nickte. Sven lehnte ab. Sie hatten an dem runden Esstisch in Gisela Maibachs Wohnzimmer Platz genommen und sich bereits mit Kaffee, Sahne und Krokantschnittchen verwöhnen lassen. Wer es nicht besser wusste, der dachte, es handele sich um einen reinen Freundschaftsbesuch.

Mit am Tisch saßen auch Wally Rosenstock und Linda Sichelkorn. Die beiden waren in eine angeregte Plauderei über das bevorstehende Landfrauenjubiläum vertieft und wirkten so ausgelassen und fröhlich, als hätten sie in der Lotterie gewonnen. Ihrem Gekicher und vor allem ihren leicht geröteten Nasenspitzen nach zu urteilen, hatten sie dem Pfefferminzlikör bereits gut zugesprochen und auch nichts gegen eine weitere Runde einzuwenden.

Scarabea drehte ihr Likörgläschen eine Weile in der Hand, dann ließ sie sich die süße Erfrischung langsam durch die Kehle rinnen, tupfte sich mit der Papierserviette über den Mund, schaute zur Tür und stieß urplötzlich einen Ausruf des Erstaunens aus.

»Ach, entschuldigen Sie«, erklärte sie sich sogleich, »aber mir war so, als hätte ich gerade eine Katze mit drei Schwänzen um die Ecke gehen sehen. Oder waren es neun?«

Wally Rosenstock war mitten im Satz verstummt, und Linda Sichelkorn ließ vor Schreck ihre Kuchengabel fallen. Auch Gisela Maibach hielt abrupt in ihrer Bewegung inne. Es war, als hätte ein unsichtbarer Gefrierstrahl die drei Frauen getroffen.

Scarabea lehnte sich zufrieden zurück. Das war genau die Reaktion, mit der sie gerechnet hatte.

Gisela Maibach war die Erste, die sich aus der Erstarrung löste. Totenbleich sank sie auf ihren Stuhl. »Wie haben Sie es herausgefunden?«

Sie streitet nichts ab, dachte Scarabea erleichtert. Offenbar ist sie vernünftig genug, um zu wissen, dass sie nun mit offenen Karten spielen müssen.

»Die Lilien.«

Gisela Maibach nickte. »Ich habe nicht gedacht, dass es in dieser Gegend außer uns noch jemanden gibt, der die Sprache der Blumen beherrscht. Mein Kompliment.«

»Eigentlich hätte es uns ja klar sein müssen«, meldete sich Wally zu Wort. »Dass eine Weltenbummlerin wie Sie darüber Bescheid weiß, meine ich.«

Scarabea lächelte. »Wie der Zufall es will, habe ich erst kürzlich ein Buch darüber gelesen.«

Sven schaute wie ein Schwein ins Uhrwerk. Er hatte immer noch nicht kapiert, worum es hier eigentlich ging.

Scarabea half ihm auf die Sprünge. »Darf ich vorstellen: die neunschwänzige Katze. Oder zumindest ein Drittel davon. Neun Lilien. Neun Frauen.«

Sven klappte die Kinnlade hinunter. »Dann habt ihr also den Drohbrief geschrieben?« So allmählich schien der Groschen zu fallen.

Scarabea dachte an den genauen Wortlaut der Nachricht zurück.

»Für welche Sünden wollten Sie Dirty Harry denn bezahlen lassen? Was genau haben Sie damit gemeint?«

»Ja genau, das würde mich jetzt auch mal interessieren«, sagte Sven und lehnte sich mit verschränkten Armen und grimmigem Gesicht erwartungsvoll im Stuhl zurück.

Gisela Maibach blieb ganz ruhig. »Sagt mal, meint ihr diese Frage ernst? Das ist doch sonnenklar. Stenz hat die Frauen reihenweise betrogen und unglücklich gemacht. Eigentlich hat er sein ganzes Leben lang nichts anderes getan. Selbst als er älter wurde, hat er sein perfides Spiel immer weiter spielen können. Damit musste doch irgendwann einmal Schluss sein.«

Sven breitete die Arme aus. »Und da habt ihr ihn einfach so um die Ecke gebracht?«

Gisela Maibach sah ihn erschrocken an. »Aber nein, der Brief war bloß eine Warnung, und wir haben gehofft, dass sie ihm Angst einjagen würde. Dass er von seinem hohen Ross runterkommt und mal über seine Schandtaten nachdenkt. Wir haben ihn bestimmt nicht angerührt, geschweige denn ermordet.«

»Das schwören wir!«, riefen Wally Rosenstock und Linda Sichelkorn einstimmig.

»Trotzdem müssen wir euer Alibi überprüfen«, sagte Sven nachdrücklich. »Könnt ihr mir sagen, was ihr an dem Abend gemacht habt?«

Gisela Maibachs Antwort kam wie aus der Pistole geschossen. »Da waren wir hier.«

»Alle neun?«, fragte Scarabea und musterte Wally und Linda, die sich dezent im Hintergrund hielten. »Oder nur Sie drei?«

»Nur wir drei«, sagte Gisela Maibach. »Die anderen sind schon eher gegangen.«

»Dann sind Sie praktisch der harte Kern?«

»Sozusagen.«

Scarabea lächelte. »Aber Sie haben nicht nur den Brief geschrieben, sondern sind auch für die Schmiererei auf dem Spiegel verantwortlich, nicht wahr?«

Wally und Linda schauten betreten drein.

»Was?« Sven sah aus, als würde er vor Empörung gleich durch die Decke gehen. »Das kann doch nicht euer Ernst sein.«

Scarabea legte beruhigend ihre Hand auf seinen Arm. »Ich bin schon damals stutzig geworden, als Sie, Wally, in Bezug auf Stenz das Wort Schweinehund benutzt haben.«

Wally schluckte. »Ihnen entgeht aber auch gar nichts.«

»Achte auf deine Worte«, zischte Gisela Maibach ihr zu. »Das habe ich dir mehr als einmal gesagt.«

»Tut mir leid«, flüsterte Wally. Nur mit Mühe gelang es ihr, die Tränen zurückzuhalten.

»Dass du aber auch nie den Mund halten kannst.«

»Es tut mir leid. Ehrlich.«

Sven schlug mit der Hand auf den Tisch. »Schluss mit dem Unsinn. Ich will jetzt genau wissen, wie ihr das mit dem Spiegel angestellt habt.«

Gisela Maibach ergriff wieder das Wort. »Ja, wir haben uns Zugang zu Dirty Harrys Wohnung verschafft und die Wahrheit über Stenz auf den Spiegel geschrieben.«

»Wann war das?«, wollte Scarabea wissen.

»Einen Tag vor seinem Tod.«

Sven schaute finster drein. »Und wolltet ihr ihm damit etwa auch Angst einjagen?«

Wally nickte. »Genau das war unsere Absicht. Er sollte wissen, dass jemand da war, und sich in seinen vier Wänden nicht mehr sicher fühlen.«

»Sven, du kennst uns doch«, sagte Linda und klimperte mit den Wimpern. Ein Hauch von Verzweiflung lag in ihrer Stimme. »Denkst du wirklich, wir könnten einen Mord begehen?«

Sven ballte die Fäuste und richtete sich zu seiner vollen Größe auf. Jetzt wirkte er fast ein wenig bedrohlich. »Jeder Mensch könnte einen Mord begehen. Es braucht nur den richtigen Grund.«

Zu diesem Schluss war Sven vor einem Jahr gekommen, als sie den Mörder von Scarabeas Freundin gefasst hatten und die heile Welt um ihn herum wie eine Seifenblase zerplatzt war. Er war sich sicher, dass jeder Mensch eine dunkle Seite besaß, auch wenn sich die meisten dessen vielleicht nicht einmal bewusst waren oder es nicht wagten, in die eigenen Abgründe zu schauen. Das Böse lauerte in jedem, und es konnte jederzeit aktiviert werden.

Während sie langsam heimwärts trotteten, boxte Scarabea Sven aufmunternd gegen die Schulter. Er wirkte fast ein wenig pessimistisch.

»Nicht gerade ein besonders originelles Alibi, oder?«, fragte er.

»Nicht besonders, nein. Dennoch fällt es mir schwer, zu glauben, dass die Frauen hinter dem Mord stecken. Ihr Motiv ist dafür viel zu schwach.«

»Das ist richtig. Doch wer sagt uns, dass sie uns die *ganze* Geschichte erzählt haben?«

Scarabea staunte. So misstrauisch hatte sie Sven noch nie erlebt. Bravo, dachte sie. Aus dem naiven Bauernjungen ist tatsächlich eine Spürnase geworden.

Als sie sich dem Grüneis'schen Bauernhaus näherten, sahen

sie Sara, die ihnen aus dem Küchenfenster zuwinkte. Da die Armbewegung weder lässig noch besonders freundlich wirkte, beschleunigten sie ihre Schritte und fanden zu ihrer Überraschung einen unerwarteten Gast vor. Am Kopfende des langen Küchentisches saß Kommissar Pfeiffer. Er hatte die Arme verschränkt, sein Gesicht zu einer säuerlichen Grimasse verzogen und empfing sie mit den Worten: »Mein Gott, Grüneis, was haben Sie sich denn dabei wieder gedacht?« Er nahm eine Tageszeitung, die vor ihm auf dem Tisch lag, und wedelte damit in der Luft herum.

Sven, der das Blatt heute noch nicht gelesen hatte und sich keiner Schuld bewusst war, blieb ganz ruhig stehen.

»Da haben Sie sich ja ein dolles Ding geleistet«, knurrte Pfeiffer und hielt die Zeitung so, dass Sven die Schlagzeile »Selbstjustiz in Hummelstich« und eine Abbildung des ramponierten Glaspalasts nebst Menschenmob erkennen konnte. »Ich dachte, ich trau meinen Augen nicht, als ich das Foto gesehen habe. Dass es in diesem Kaff drunter und drüber geht, ist ja hinlänglich bekannt. Aber dass ein Vertreter der Staatsgewalt bei so einer Aktion auch noch mitmischt, das war mir neu. Es sieht ja ganz so aus, als seien Sie der Rädelsführer dieses Bauernaufstandes gewesen. Wissen Sie denn nicht, was Sie tun? Sie bringen noch die ganze Polizei in Verruf.«

Sven öffnete den Mund, ohne einen Ton von sich zu geben. Offenbar steckten ihm die Worte im Halse fest.

»Das wird Konsequenzen haben«, schimpfte Pfeiffer weiter. »Sie können sich schon mal auf eine saftige Dienstaufsichtsbeschwerde gefasst machen.«

Scarabea, die die ganze Zeit an Svens Seite gestanden hatte, ging einen Schritt auf den Kommissar zu. »So ein Schwachsinn. Sven hat alles getan, um die erhitzten Gemüter zu beruhigen. Wäre er nicht gewesen, wäre die Situation erst richtig eskaliert.«

Pfeiffer musterte sie wie ein lästiges Insekt. »Sie haben ihm diesen Floh ins Ohr gesetzt, nicht wahr? Na, das hätte ich mir ja denken können.«

Er stand auf, donnerte die Zeitung auf den Tisch und wandte sich zur Tür. Dort drehte er sich noch einmal um.

»Ich erwarte einen lückenlosen Bericht über diese Angelegenheit. Und füllen Sie das Formular Nummer einundzwanzig aus. In dreifacher Ausführung!«

Torero XY-22

Sven dachte gar nicht daran, die Anweisungen seines Vorgesetzten zu befolgen. Sollte Pfeiffer doch seine dämlichen Formulare selbst ausfüllen. Er hatte wirklich Wichtigeres als Papierkram zu erledigen. Auch die Drohungen und Einschüchterungsversuche des Kommissars ließen ihn kalt. Er hatte sich nichts zuschulden kommen lassen, sondern war besonnen und verantwortungsvoll vorgegangen. Dass der Glaspalast nicht noch mehr Schaden genommen hatte, war sein Verdienst gewesen – ein Fakt, der sich dank der vielen Filmaufnahmen, die im Netz bereits kursierten, schnell beweisen ließ.

Statt also in Grübelei oder Schwermut zu verfallen, umarmte Sven seine Frau, drückte seiner Tochter einen Kuss auf die Stirn und setzte sich dann an den Küchentisch.

»Lass uns die Fakten sortieren und die Verdächtigen einmal der Reihe nach durchgehen«, schlug er Scarabea vor.

»Prima Idee«, sagte sie und reichte ihm einen Kugelschreiber und ein unbeschriebenes Blatt Papier, das sie wie aus dem Nichts hervorgezaubert hatte.

Sven schrieb »Name – Motiv – Gelegenheit – Mittel« in eine Reihe. Unter das Wort »Name« schrieb er eine kleine Eins. Dann blickte er Scarabea erwartungsvoll an.

»Erstens«, sagte sie und begann wie ein Tiger im Raum auf und ab zu gehen. »Der Apotheker Carl Feigenbaum. Das Motiv? Hat Stenz möglicherweise die Schuld am Scheitern seiner Ehe gegeben. Bislang haben wir ihn noch nicht zu seinem Alibi befragen können, deshalb bleibt die Gelegenheit offen. Als Tatwaffe kommt sehr wahrscheinlich ein Viehtreiber in Frage, und das ist meiner Meinung nach der einzige Punkt, der gegen Feigenbaum als Täter spricht. Natürlich hätte er sich so ein Gerät irgendwo besorgen können, doch ich wüsste nicht, warum er das hätte tun sollen. Als Apotheker hätte er sicherlich tausend andere Möglichkeiten gehabt, Stenz ins Jenseits zu befördern. Dass er sich ausgerechnet für einen Viehtreiber als Mordwaffe entscheidet, erscheint mir doch sehr unwahrscheinlich.«

Sven, der unter »Motiv« einen Haken, unter »Gelegenheit« ein Fragezeichen und unter »Mittel« einen Strich gemacht hatte, begann bereits die nächste Zeile mit einer Zwei.

»Zweitens. Die Mitglieder der neunschwänzigen Katze, insbesondere der sogenannte harte Kern, bestehend aus Gisela Maibach, Linda Sichelkorn und Wally Rosenstock. Sie geben sich gegenseitig ein Alibi und hätten damit auf jeden Fall die Gelegenheit gehabt. Allerdings ist ihr Motiv nicht stark genug, und auch sie hätten mit Sicherheit einen anderen Weg als Mord mittels Viehtreiber gewählt.«

»Und wenn es jemand war, den wir noch gar nicht auf dem Schirm hatten?«, warf Sven ein. »Ein gehörnter Ehemann oder eine abservierte Exgeliebte?«

Scarabea dachte einen Moment darüber nach, schüttelte dann jedoch den Kopf. »Nein, das bringt uns nicht weiter. Da stochern wir nur im Trüben herum. Auch glaube ich nicht, dass wir es mit dem großen Unbekannten zu tun haben.«

»Hm«, überlegte Sven, »aber wer gehört denn dann noch auf unsere Liste?«

»Was ist mit diesem Bauern? Diesem Butterblum?«

»Weil er sich so merkwürdig verhält, meinst du? Doch was sollte er für ein Motiv haben?«

Scarabea entschied sich für das Naheliegendste.

»Könnte es sein, dass Dirty Harry ein Verhältnis mit Butterblums Frau gehabt hat?«

»Also das kann ich mir nicht vorstellen«, sagte Sven. »Die Marie ist doch eine intelligente Frau, die würde doch bestimmt nicht auf so einen Heuchler reinfallen.« Ein leichtes Flehen schwang in seiner Stimme mit. Hier war eindeutig der Wunsch Vater des Gedankens.

»Na ja«, meinte Scarabea trocken. »Ich habe auch schon Pferde vor der Apotheke kotzen sehen.«

Sven kaute an seinen Fingernägeln herum. Dirty Harry und Marie? Vielleicht war da ja wirklich etwas dran.

Scarabea kam noch ein weiterer Gedanke. »Ist sie nicht schwanger? Was, wenn …?«

»… das Kind von Dirty Harry ist?«, führte Sven den Satz zu

Ende. Wenn das tatsächlich stimmte und Henrik davon wusste, dann wäre es wohl nur zu verständlich, wenn er an Dirty Harry Rache genommen hätte. Sven sah aus dem Fenster hinaus in den Garten, wo Sara auf der Hollywoodschaukel saß und Lotta in ihren Armen wiegte. Seine Kehle wurde ganz rau, und er spürte ein Stechen in seiner Brust. Er wusste, wozu er fähig wäre, wenn ihm so etwas passieren würde. Er hätte diesem widerwärtigen Ehebrecher ein für alle Mal den Garaus gemacht.

»Sagtest du nicht, dass die Butterblums häufig streiten und wenig gemeinsame Interessen haben?«, riss ihn Scarabea aus seinen dunklen Gedanken.

Er nickte. »Es kriselt schon eine Weile zwischen den beiden.« Und das war noch untertrieben. Zwischen den jungen Eheleuten kriselte es nicht nur, es krachte regelmäßig – und das meist so laut und heftig, dass es das halbe Dorf mitbekam.

Scarabea schnappte sich das Blatt Papier und den Stift, schrieb Henrik Butterblums Namen hinter eine kleine Drei und malte ein fettes Fragezeichen in die Spalte für das Motiv. »Okay, lassen wir das erst mal so stehen. Was ist mit der Gelegenheit? Ist in derselben Nacht nicht Butterblums Zuchtbulle vom Blitz erschlagen worden?«

»Ja«, sagte Sven, »und Henrik hat uns erzählt, er sei stundenlang ziellos durch die Gegend gefahren.«

»Was wahrscheinlich niemand bestätigen kann. Demnach hat er kein Alibi, und da er eine Rinderzucht betreibt, gehören Viehtreiber bestimmt zu seiner Grundausstattung.«

»Na freilich. Er bekommt sogar immer die neuesten Geräte von einer Firma gesponsert. Erst vor wenigen Wochen hat er mir ganz stolz den neuen Torero XY-22 gezeigt. Hohe Effizienz, geringer Energieverbrauch, windschnittiges Design.«

Scarabea funkelte ihn verärgert an. »Und das fällt dir erst jetzt ein? Sven, es wäre wirklich gut, wenn du weniger wie ein Landwirt und mehr wie ein Polizist denken würdest.«

»Jawohl, Herr Kommissar«, sagte Sven unwirsch und verdrehte dabei die Augen.

Scarabea schnitt ebenfalls eine Grimasse. »Fassen wir noch mal zusammen: Henrik Butterblum hat auf jeden Fall die Mittel und die Gelegenheit für den Mord gehabt.« Rasch vervollständigte sie die Liste mit zwei Häkchen. »Bleibt nur noch das Motiv.« Sie blinzelte Sven freundschaftlich zu. »Los, komm, finden wir heraus, ob an unserer Vermutung etwas dran ist.«

Sie fanden Henrik Butterblum im Inneren einer riesigen Scheune, wo er gerade mit einer großen Mistgabel eine Ladung Heuballen sortierte. Unmengen von feinsten Staubpartikeln wirbelten durch die Luft. Butterblum, der eine ausgebleichte, zerschlissene Latzhose und schmutzige Stiefel trug, hob, als er Sven und Scarabea bemerkte, kaum merklich die Hand zum Gruß.

»Hallo Henrik«, sagte Sven und verzichtete auf jede Form von Plauderei. »Ich muss dich bitten, mir alle deine Viehtreiber auszuhändigen.«

»Wieso?«, brummte der Bauer. »Kannst du dir keine mehr leisten?«

»Wir müssen sie kriminaltechnisch untersuchen lassen.«

Butterblum wischte sich mit dem Ärmel seines karierten Hemds den Schweiß von der Stirn. »Keine Ahnung, was du damit meinst. Denkst du, ich hab Zeit, jetzt überall herumzulatschen und die Dinger einzusammeln?«

»Du wirst sie doch sicher irgendwo aufbewahren. Oder lässt du sie einfach so herumliegen?«

Butterblum stützte sich auf die Mistgabel und funkelte Sven verärgert an. »Was willst du eigentlich von mir?«

Sven musterte sein Gegenüber genau. »Ich will wissen, ob du Dirty Harry umgebracht hast.«

Der Ausdruck in Henrik Butterblums Gesicht änderte sich schlagartig. Er wurde so rot wie ein Hummer, und an seiner Schläfe trat eine kleine Ader hervor. »Spinnst du jetzt total?«

Sven blieb cool. »Ich tue nur meine Arbeit. Also? Hast du?«

Für einen Moment sah Butterblum so aus, als würde er gleich die Beherrschung verlieren. Dann schien er sich jedoch eines Besseren zu besinnen. »Du kannst mir mal den Buckel runterrutschen. Auf so einen Blödsinn reagiere ich doch gar nicht.« Butterblum machte eine wegwerfende Handbewegung und wendete sich wieder den Heuballen zu.

»Na gut«, sagte Sven wie beiläufig. »Dann werden wir erst mal mit Marie reden. Vielleicht kann sie uns ja wegen Dirty Harry weiterhelfen.«

Butterblum fuhr herum. »Das wirst du nicht tun!« Zorn loderte in seinen Augen auf, und er hob drohend die Forke in die Luft. »Du lässt gefälligst Marie aus dem Spiel, ist das klar?«

Scarabea trat unwillkürlich einen Schritt zur Seite. Seitdem sie mehrere Krimis über einen psychopathischen Mistgabelmörder gelesen hatte, war sie stets auf der Hut vor diesen gefährlichen Zinken. Das war ein Mordwerkzeug erster Güte, und ein unsachgemäßer Gebrauch konnte böse ins Auge gehen.

Sven, der die Bücher anscheinend nicht gelesen hatte, blieb unbeeindruckt stehen. »Wieso? Was soll uns Marie denn nicht verraten? Dass sie eine Affäre mit dem alten Lustmolch gehabt hat?«

Mit einem wütenden Schrei donnerte Butterblum die Mistgabel auf den Boden, raufte sich die Haare und stampfte wie ein Wahnsinniger im Kreis herum. Dann marschierte er auf einen Stapel Heuballen zu, umkreiste ihn und verschwand von der Bildfläche.

Sven wollte gerade die Verfolgung aufnehmen, da tauchte Butterblum wieder auf. Diesmal hielt er ein Gewehr in der Hand, mit dem er ohne zu zögern auf Sven und Scarabea anlegte.

Dreiundzwanzig endlose Minuten

»Henrik, lass den Blödsinn«, sagte Sven so gelassen und selbstsicher, wie es ihm möglich war. »Damit reitest du dich doch nur noch tiefer rein.«

Butterblum machte einen Satz nach vorn, den Lauf des Gewehrs abwechselnd auf Sven und Scarabea gerichtet. »Haut ab! Verschwindet!«, stieß er zwischen zusammengepressten Zähnen hervor.

Sven nahm die Hände hoch, wich jedoch keinen Millimeter zurück. »Okay, okay. Beruhige dich, ja?«

Scarabea, deren Beine vor Schreck wie gelähmt waren, fasste nach Svens Arm.

»Wir können doch über alles reden«, startete Sven einen neuen Versuch, kam jedoch nicht weit.

»Ich hab gesagt, ihr sollt verschwinden!«, tobte Butterblum, und sein Gesicht erinnerte nun an ein tollwütiges Tier. Im nächsten Moment gab es einen lauten Knall, und von da an nahm Sven das Geschehen nur noch in Zeitlupe wahr. Er konnte spüren, wie das Projektil knapp an seiner rechten Schläfe vorbeisauste, und hörte, wie es hinter ihm durch die Holzbretter der Scheune hindurchschoss. Instinktiv schlang er seine Arme um Scarabea und drückte sie zu Boden. Von dort sah er aus den Augenwinkeln, wie Butterblum die Flucht ergriff. Das Gewehr fest in der Hand, stürmte er an ihnen vorbei nach draußen.

Schnell war Sven wieder auf den Beinen und eilte ihm nach. Am Scheunentor angelangt, registrierte er, dass Butterblum auf den kleinen Schuppen am Waldrand zurannte. Wollte er etwa mit dem alten Mofa seines Vaters durchbrennen? Das war ja nun nicht gerade das effizienteste Fluchtfahrzeug.

Sven, der am Eingang der Scheune stehen geblieben war, um kurz nach Luft zu schnappen, spürte eine Hand an seiner Schulter.

»Bist du in Ordnung?«, fragte Scarabea völlig atemlos. Sie war kreidebleich im Gesicht. »Mein Gott, er hat auf dich geschossen.«

»Mir geht es gut«, beteuerte Sven und zeigte auf das hübsche Fachwerkgebäude zu ihrer linken Seite. »Bitte geh ins Haus und kümmere dich um Marie. Bestimmt hat sie den Schuss gehört, und ich will nicht, dass sie hier auch noch durch die Gegend rennt. Ich kläre das mit Henrik.«

Er eilte in Richtung Schuppen davon.

»Sven, mach bloß keinen Alleingang, ja?«, rief Scarabea ihm nach. »Gib deinen Kollegen Bescheid. Die müssen herkommen. Der Typ hat doch echt nicht mehr alle Tassen im Schrank.«

Sven nickte, doch im Grunde hatte er nicht vor, irgendjemanden um Hilfe zu bitten. Klar wusste er, dass das falsch war. Falsch, dumm und gefährlich. Gegen jede Regel. Denn eigentlich hätte er nicht nur seine Kollegen von der Polizeidienststelle in Bad Frankenhausen, sondern auch gleich das SEK rufen müssen. So stand es jedenfalls schwarz auf weiß in seinen Lehrbüchern geschrieben. Verhaltensauffälliger Mordverdächtiger bedroht Ermittler mit Waffe und schießt blind um sich, anschließend flüchtet er und verschanzt sich. Eindeutig ein Fall fürs SEK.

Doch Sven wusste auch, dass dies das Todesurteil für Henrik Butterblum bedeuten würde. Der Sturschädel würde sich nämlich lieber abknallen lassen, als die Waffe niederzulegen. Der würde sich garantiert niemals ergeben. Jedenfalls nicht einem Fremden und schon gar nicht, wenn er von einer Horde maskierter Scharfschützen umzingelt war. Die einzige Chance, die Sven sah, war, dass er die Sache selbst in die Hand nahm. Lehrbuchmeinung hin oder her.

Er bückte sich kurz, griff nach einem etwa faustgroßen Findling und steckte ihn sich in die Jackentasche. Nur für alle Fälle. Dann näherte er sich vorsichtig dem Schuppen. Etwa fünf Meter davon entfernt blieb er stehen, sammelte sich kurz und versuchte, seine Stimme so freundlich und beruhigend wie möglich klingen zu lassen.

»Henrik?« Sven lauschte angespannt, jederzeit bereit, sich auf den Boden zu werfen, falls erneut ein Schuss fallen sollte. »Ich bin jetzt allein.«

Die dünnen Holzbretter, aus denen die Wände des Schuppens bestanden, waren hier und da von winzigen Löchern und feinen

Rissen durchzogen, durch die man von innen mit Sicherheit gut hindurchspähen konnte.

»Und unbewaffnet«, fügte er hinzu. Er musste Butterblum dazu kriegen, dass er ihn nicht länger als Bedrohung ansah. »Also leg jetzt bitte das Gewehr weg und komm raus, ja?«

Doch er bekam keine Antwort. Nicht das leiseste Geräusch drang nach draußen.

»Hör zu, Henrik, ich verstehe das. Ich hätte bestimmt das Gleiche getan, wenn es um Sara gegangen wäre. Doch du darfst jetzt nicht durchdrehen. Bitte. Wir finden eine Lösung.«

Noch immer herrschte absolute Stille. Nur der Wind pfiff eine leise melancholische Melodie.

»Henrik? Hörst du mich?«

Wieder kam keine Antwort. Verdammt, dachte Sven. Rede mit mir! Das kann doch nicht so schwer sein. Er trat unruhig von einem Bein aufs andere. So konnte das nicht weitergehen. Er musste handeln, und zwar gleich, bevor die Situation noch komplizierter wurde.

Binnen Sekunden traf Sven eine Entscheidung. »Ich komme jetzt rein!«, rief er. Ruhig und entschlossen überwand er die letzten Meter und öffnete vorsichtig die schmale Brettertür.

Im Inneren des Schuppens war es so dunkel, dass er anfangs kaum etwas erkennen konnte. Erst nach ein paar Augenblicken entdeckte er Butterblum, der das Gewehr nun gegen sich selbst gerichtet hatte und am ganzen Leib zitterte.

»Nein, Henrik, tu das nicht!« In einer beschwichtigenden Geste hob Sven die Arme hoch.

»Ich hab keine andere Wahl«, stammelte Butterblum und presste die Waffe noch fester gegen seinen Körper. »Es ist aus … leb wohl.«

Sven überlegte fieberhaft. Er musste etwas tun, um diesen Wahnsinn zu beenden. Da fühlte er den Stein in seiner Jackentasche. Vielleicht könnte er Butterblum damit das Gewehr aus der Hand schlagen? Es war nur eine spontane Idee, ein Akt der Verzweiflung, doch es blieb keine Zeit mehr. Innerhalb eines Sekundenbruchteils zog er den Findling hervor und schleuderte ihn mit aller Macht auf den törichten Bauern.

Sofort schalt Sven sich selbst für diese Leichtsinnigkeit. Vielleicht lag es an der Aufregung oder am Mangel an Tageslicht, jedenfalls verfehlte der Stein sein Ziel. Anstatt des Gewehrs traf er Butterbluns Kopf, wo er eine hässliche Platzwunde hinterließ, aus der sogleich Blut strömte.

Henrik sackte zusammen, und Sven hechtete nach vorn, um ihm die Flinte aus der Hand zu reißen.

»Verdammt, das wollte ich nicht. Aber wir kriegen das alles wieder hin, hörst du!«

Butterblum sank zu Boden. »Scheiß Optimist«, waren die einzigen Worte, die er noch herausbrachte. Dann rollten seine Augäpfel zur Seite, und sein ganzer Körper lag schlaff und reglos da.

Eine knappe halbe Stunde später kam Butterblum wieder zu sich. Sven hatte ihn mit einer Schubkarre ins Haus befördert und auf das Sofa bugsiert. Anschließend hatte er Sara informiert, die sofort herbeigeeilt war, um die Wunde des Bauern zu versorgen.

Scarabea versuchte derweil, Butterblums Frau zu beruhigen, die sichtlich schockiert auf die Ereignisse reagierte.

»Ich kann nicht glauben, dass er das wirklich getan haben soll«, stammelte sie immer wieder.

Scarabea, die sich nicht sicher war, welche Aktion Marie Butterblum genau meinte – den Mord an Dirty Harry oder den Schuss auf Sven –, drückte mitfühlend ihre Hand.

»Sie müssen jetzt in erster Linie an sich selbst und an Ihr Baby denken. Alles andere ist zweitrangig.«

Von der Couch drang ein leises Stöhnen. Alle reckten die Hälse und sahen, wie Henrik Butterblum blinzelnd die Ohnmacht abschüttelte.

»Was ist los?«, murmelte er benommen.

Marie brach in ein herzzerreißendes Schluchzen aus und klammerte sich an Scarabea fest, die inständig hoffte, dass dies mehr eine rhetorische Frage gewesen war. Eine Amnesie konnten sie jetzt nicht auch noch gebrauchen, das würde sie bei der Aufklärung des Falles keinen Schritt weiterbringen.

Erfreulicherweise schien sich Butterblum der Situation schnell wieder bewusst zu werden. »Verdammt, Sven«, nuschelte er. »Ich hatte nicht vor, jemanden zu verletzen. Ich hab die Kontrolle verloren, und irgendwie muss sich da ein Schuss gelöst haben.«

»Schon gut«, meinte Sven. »Ist ja zum Glück nichts passiert.«

Scarabea schnaubte verächtlich. Sie ließ keinen Zweifel, dass ihrer Meinung nach viel zu viel passiert und damit gar nichts mehr gut war. Auch war sie verärgert über Sven, da er gegen ihren Rat keine Verstärkung geholt hatte.

»Autsch.« Butterblum berührte den dicken Wundverband an seiner Stirn. »Hättest du nicht einen etwas kleineren Stein nehmen können?«

Sven lächelte erleichtert. Wenn Henrik schon wieder Scherze machen konnte, war die Verletzung halb so schlimm. »Das wird schon wieder. Solange du ganz ruhig liegen bleibst und nicht noch mal ausrastest.«

Sara lief mit verschränkten Armen im Zimmer auf und ab. »Ich finde ja immer noch, wir sollten ihn in ein Krankenhaus bringen. Mit Kopfverletzungen ist nicht zu spaßen.«

»Nee«, brummte Butterblum. »Alles, nur nicht das. Wenn die Weißkittel einen erst mal in den Fängen haben, lassen die einen nicht mehr so schnell los.«

Sven nahm ihn beim Wort. »Wir müssen über Dirty Harry reden.« Er zog sich einen Stuhl neben das Sofa, setzte sich und sah Butterblum durchdringend an. »Was ist in jener Nacht geschehen, Henrik? Du bist nicht einfach nur durch die Gegend gefahren, oder?«

Butterblum seufzte schwer, als würde alle Last der Welt auf seinen Schultern liegen. »Ja, es stimmt, ich bin an dem Abend zu ihm hingefahren und wollte ihn mir vorknöpfen. Ich hatte das Gewehr dabei, und ehrlich gesagt hätte ich ihm nur zu gern eine Kugel verpasst.«

»Wieso?«, schluchzte Marie. »Wieso hast du das getan?«

»Weil der Mistkerl einfach nicht seine Finger von dir gelassen hat.«

Es entstand eine unangenehme Pause. Sven biss sich auf die Unterlippe. Er fürchtete sich ein wenig vor der nächsten Frage, doch da kamen sie nicht drum herum.

»Was ist mit dem Kind?«

Butterblum antwortete erstaunlich gelassen. »Es ist seins. Da gibt es keinen Zweifel.«

Sven und Scarabea tauschten kurz Blicke. Sie hatten mit ihrer Vermutung also richtig gelegen.

»Erzähl weiter«, sagte Sven schließlich.

»Die Wohnungstür war nur angelehnt gewesen. Also bin ich rein, und dann lag er da auf seinem Bett. Ganz nackt und so. Hat keinen Ton mehr von sich gegeben. Ich hab ihm sogar den Kolben in die Seite gedrückt, doch er hat nicht darauf reagiert.«

»Er war also schon tot. Um wie viel Uhr war das? Ist dir irgendetwas Ungewöhnliches aufgefallen?«

»Weiß nicht, wie spät es gewesen ist. Hab nicht auf die Uhr gesehen. Und jemand anderem bin ich auch nicht begegnet.«

»Verflixt«, murmelte Sven, dem nun bewusst wurde, dass ihnen Henriks Geständnis ermittlungstechnisch wenig weiterhalf.

Butterblum versuchte sich aufzurichten. »Ich war stinkwütend, dass mir das Schicksal da zuvorgekommen ist, das kannst du mir glauben. Oder meinst du, dass meine Flüche und dunklen Gedanken ihn ins Jenseits befördert haben?«

Sven schüttelte grimmig den Kopf und drückte den ramponierten Bauern sanft ins Kissen zurück. Ein solcher Aberglaube war ihm zutiefst fremd. Hier war keine höhere Macht am Werk gewesen, sondern ein äußerst gewiefter und scharfsinniger Mörder. Ein Mensch aus Fleisch und Blut.

Er reichte Butterblum ein Glas Mineralwasser und zwei Tabletten, die Sara ihm mit ernstem Gesicht in die Hand gedrückt hatte. Einerseits war er ja froh, dass Henrik nichts mit Dirty Harrys Tod zu tun hatte, aber andererseits wusste er nun bald nicht mehr weiter. So langsam, aber sicher gingen ihnen die Verdächtigen aus.

Vierundzwanzig Stunden eitel Sonnenschein

Als Scarabea am nächsten Tag erwachte, stand die Sonne bereits hoch am Himmel. Sie rollte sich noch eine Weile in dem weichen Federbett hin und her, räkelte und streckte sich wie eine verwöhnte Katzendiva und schaute dann auf ihre Armbanduhr, die auf dem kleinen Nachtschränkchen lag. Es war fünf vor elf.

Merkwürdig, dachte sie. Sonst war sie doch immer gegen sieben Uhr von dem lauten Krähen des Hahnes geweckt worden. Der hatte ein derart kräftiges Organ, dass er damit vermutlich Tote aufzuwecken vermochte. Zugegeben, der Vergleich hinkte ein wenig angesichts der mörderischen Vorkommnisse in diesem Dorf. Doch Scarabea war felsenfest davon überzeugt, dass sie den Hahnenschrei auf keinen Fall überhört haben konnte.

Sie setzte sich auf und rieb sich die Augen. Jetzt aber los. Sie konnte unmöglich den ganzen Tag vertrödeln. Sara und Sven machten sich bestimmt schon Sorgen. Mit einem eleganten Schwung schlüpfte sie in ihre Pantoffeln hinein, zog die Gardinen auf und öffnete das Fenster. Die frische Luft, die von verschiedenen markanten Gerüchen wie Kuhdung und Schmieröl durchzogen war, kitzelte ihre Nase, sodass sie dreimal heftig niesen musste.

Wenig später schritt sie – mit einer grasgrünen Röhrenhose, einem kanariengelben Twinset und einem orangeroten Wollschal bekleidet – die Treppe hinab.

»Guten Morgen, du Langschläferin«, wurde sie in der Küche von Sven begrüßt, der gerade in eine Mettsemmel biss. Dr. Jekyll, der wie Graf Koks von der Gasanstalt auf seiner Kaffeeholzstange thronte, legte den Kopf ein wenig schief, wiegte sich nachdenklich hin und her und gab ein Geräusch von sich, das ein wenig wie das Schnurren eines fetten Katers klang.

Scarabea strich ihm sanft über das Gefieder. »Ich glaube, mit eurem Hahn stimmt was nicht.«

Sven spülte seinen Snack mit einem Schluck Apfelschorle hinunter. »Ich weiß, der tropft. Sara hat's mir schon gesagt. Ich schau mir das gleich mal an.«

Es dauerte zwei Sekunden, bis Scarabea begriff, dass Sven von etwas ganz anderem als sie, nämlich von einem Wasserhahn, sprach. Sie lachte. »Nein, ich meine doch euren Hühnerhahn da draußen, der frühmorgens immer so laut gekräht hat. Heute hat er jedenfalls noch keinen Mucks gemacht, und das ist auch der Grund, warum ich bis in die Puppen geschlafen habe.«

»Hm, ich stehe ja immer schon kurz vor fünf auf«, meinte Sven, »da ist mir das gar nicht aufgefallen. Aber danke für den Hinweis. Ich sehe nachher mal nach.« Er stellte das leere Glas in die Spüle und schnappte sich noch einen grünen Apfel aus der Obstschale, den er wie ein Jongleur in die Höhe warf und geschickt wieder auffing.

»Hallo Scarabea.« In der offenen Küchentür erschien Saras fröhliches Gesicht. »Ich will mit Krümel und Lotta an die frische Luft gehen. Hast du Lust, mitzukommen?«

Scarabea nahm den Vorschlag dankbar an. So ein Spaziergang konnte Wunder bewirken. Zumindest würde es die Hirnaktivität anregen, und vielleicht kam ihr dabei ja der zündende Gedanke, den sie für ihren Fall so dringend brauchten.

Schuhe und Jacke waren schnell angezogen, und nach nur wenigen Sekunden war sie startklar. Vor dem Haus wurde Scarabea von Krümel begrüßt, der aufgeregt mit dem Schwanz wedelte und sich in einer für Hunde eher untypischen Manier an ihre Beine schmiegte. Sie kraulte sein braunes zotteliges Fell und erhaschte einen Blick auf die kleine Lotta, die in ihrem Kinderwagen lag und friedlich schlummerte.

»Ach, ist die süß«, schwärmte sie, und Sara drückte ihr mit einem ebenfalls verzückten Lächeln die Hundeleine in die Hand.

Sie passierten die Dorfkirche, das Wirtshaus »Zum Goldenen Lamm« und bummelten gemächlich die Dorfstraße entlang.

»Huhu«, hörten sie plötzlich hinter sich jemanden rufen. Sie drehten sich um und sahen Brunhilde Meuselböck, die ganz aufgekratzt auf sie zugerannt kam.

»Schön, dich zu sehen«, sagte Scarabea, wunderte sich aber insgeheim, was denn der Grund für diese Aufregung sein mochte. Doch wohl hoffentlich nicht schon wieder irgendein Unheil …

»Hast du deinen Hummelkuchen schon fertig?«, rief Brunhilde

ganz außer Atem. »Ich bin so was von gespannt darauf, ihn morgen bei der Jubiläumsfeier probieren zu können.«

Scarabea fühlte sich derart überrumpelt, dass sie einen Schluckauf bekam. »Hicks.« Darum ging es also. An den Kuchen hatte sie freilich überhaupt nicht mehr gedacht. Sie versuchte, sich nichts anmerken zu lassen. »Jaja, ist schon so gut wie erledigt«, versprach sie mit einem Augenzwinkern. »Hicks.«

Brunhilde Meuselböck klatschte begeistert in die Hände. »Toll. Dann sehen wir uns morgen im ›Goldenen Lamm‹, ja? Um zehn Uhr geht's los.«

Scarabea hielt den Atem an und zählte bis sieben. So war es schon besser. »Na klar, Bruni. Bis morgen dann.« Sie winkten Brunhilde zu und sahen, wie sie wieder in ihrer Metzgerei verschwand.

Dann blickte Sara Scarabea überrascht an. »Du? Backst einen Kuchen?« Ihr Gesicht war ein einziges Fragezeichen.

Scarabea hob resigniert die Arme. »Ich weiß, das klingt absurd. Und ehrlich gesagt, ich habe keine Ahnung, wie ich das hinbekommen soll.«

Sara schmunzelte und hakte sich bei Scarabea ein. »Also einen Hummelkuchen habe ich zwar auch noch nie selbst gemacht, aber schwieriger als ein Bienenstich kann es nun auch nicht sein. Wenn du willst, können wir es gern gemeinsam probieren.«

Scarabea, die fand, dass das eine ganz wunderbare Idee sei, blühte bei diesem Vorschlag sichtlich auf.

Eine knappe Stunde später kehrten sie zum Grüneis'schen Bauernhof zurück. Scarabea entfernte die Hundeleine von Krümels Halsband, und bevor sie sichs versah, stürmte der junge Mischlingsrüde um das Haus herum. Die beiden Frauen folgten ihm und liefen dabei Sven in die Arme, der gerade mit einer Schubkarre voller Mist aus dem Schweinestall trat.

»He, Krümel, komm her, was machst du da? Seit wann buddelst du denn im Misthaufen herum?« Sven setzte die Schubkarre ab und reckte neugierig den Hals. Dass sich der Hund an dem Kompost zu schaffen machte, war tatsächlich ein ungewohntes Bild. Er kratzte und scharrte wie ein Berserker, schnüffelte zwischendurch immer wieder und schnappte sich schließlich etwas, das auf den ersten Blick wie ein totes Tier aussah. Damit rannte er stolz um den Misthaufen herum.

»Na so was. Wie kommt denn dein Gummihuhn da rein?«, fragte Sara verwundert.

Sven trat neben sie. »Er wird es wohl selbst dort versteckt haben, der alte Lausezahn. Und jetzt ist es ihm wieder eingefallen.«

Sara kicherte. »Verbuddeln Hunde nicht eigentlich Knochen?«

»Normalerweise schon«, seufzte Sven und massierte sich die linke Schulter. »Aber was ist hier schon normal.«

Scarabea hatte sich derweil den Misthaufen etwas genauer angesehen. »Moment mal. Da schimmert doch irgendetwas.«

»Wo denn?«, wollten Sven und Sara wissen.

Scarabea zeigte neben die Stelle, an der Krümel gewühlt hatte. »Dort drüben.«

»Warte. Das haben wir gleich.« Sven holte eine Forke und stocherte in dem Berg aus altem Stroh und kompostierbaren Abfällen herum. Wenig später hielt er einen silbernen Löffel, eine Plakette der Hummelstichler Traktorenfreunde und einen Ring in der Hand.

»Ich glaub es ja nicht!«, rief Sara und schnappte nach Luft. »Das ist ja mein Ehering.«

Sven reichte ihn ihr. »Hast du nicht gesagt, dass du ihn vermährt hast?«

Sie säuberte den Ring provisorisch und steckte ihn sich mit einem glücklichen Lächeln an den Finger. »Ich hab mich dumm und dämlich danach gesucht. Er muss wohl aus Versehen in den Bioeimer in der Küche gefallen sein.«

Sven runzelte die Stirn. Das war zwar möglich, aber doch eher unwahrscheinlich. Außerdem erklärte das nicht die anderen Gegenstände, die eindeutig nicht ihnen gehörten. »Vermisst du nicht auch noch deinen Autoschlüssel?« Er begann erneut, mit der Forke den Mist zu durchkämmen. »Na, das wollen wir doch mal sehen.«

Sara konnte den Blick noch immer nicht von ihrem Ring wenden. »Das wäre jetzt aber schon ein ziemlich großer Zufall, meinst du nicht auch?«

Nach einer weiteren Viertelstunde schweißtreibender Arbeit zog Sven tatsächlich den vermissten Autoschlüssel aus dem Kompost heraus. Er zeigte ihn kurz seiner Frau, dann legte er ihn zu den anderen Gegenständen, die er in den vergangenen fünfzehn Minuten gefunden hatte. Die sieben Armbanduhren, zwei Perlenketten, das Teesieb, die zwei Tabakspfeifen, der Federball, die zwei Schach- und drei Mensch-ärgere-dich-nicht-Figuren, das Plüschkaninchen, die acht Brillen und die dreizehn einzelnen Socken bildeten bereits einen ganz stattlichen Berg.

Sven, Sara und Scarabea schauten sich fassungslos an.

»Krümel! Was hast du gemacht?«, platzte es schließlich aus Sven heraus. Es schien die einzige plausible Erklärung zu sein. Wer außer einem Hund würde sonst wildfremde Sachen verbuddeln. »Aus! Pfui! Böser Hund!«

Krümel schaute mit großen Unschuldsaugen von einem zum anderen. Doch alle schienen den gleichen Gedanken zu haben. Das Gummihuhn fiel aus seinem Maul und plumpste auf den soeben geborgenen Schatz.

»Geh sofort in deinen Korb. Abmarsch!«

Der Angeklagte ließ betrübt den Kopf hängen und trottete traurig davon.

Das fünfundzwanzigjährige Jubiläum

Vorsichtig balancierte Scarabea das große Kuchenblech in ihrer Hand. Ein bisschen stolz war sie schon, auch wenn der köstlich duftende Hummelkuchen nicht allein ihr Verdienst war. Ohne Sara hätte sie echt alt ausgesehen, das war ihr vollkommen klar. Gemeinsam jedoch waren sie kein schlechtes Team gewesen – denn im Rühren und Kneten, da war Scarabea unschlagbar.

Sie hatten drei Anläufe gebraucht, um ein zufriedenstellendes Ergebnis zu erzielen. Beim ersten Mal hatten sie den Kuchen zu lange im Ofen gelassen, wodurch er die Farbe und Konsistenz von Kohlebriketts angenommen hatte. Selbst Saras genialer Einfall, den Kuchen mit Puderzucker zu bestäuben, konnte das Backwerk nicht retten. Es war einfach nur ungenießbar. Der zweite Versuch hatte dagegen schon wesentlich besser ausgesehen. Doch Optik hin oder her, geschmacklich konnte auch dieses Exemplar nicht so recht überzeugen. Und ein fader, langweilig schmeckender Hummelkuchen würde bei den kritischen Landfrauen sicherlich keinen rechten Anklang finden. Immerhin wollte Scarabea ja einen positiven Eindruck machen.

Auch Borwin und Sven hatten sich die Gelegenheit, Scarabea einmal am Herd zu erleben, nicht entgehen lassen, waren aber glücklicherweise erst beim dritten Anlauf hereingeschneit. Wie die Jury bei einem Backwettbewerb hatten die beiden am Küchentisch Platz genommen und mit ernsten und wichtigtuerischen Gesichtern eine Verköstigung der Versuche eins und zwei durchgeführt. Irgendwann hatten sie nicht mehr an sich halten können und sich beinahe schiefgelacht, woraufhin Sara mit Mehl um sich geworfen hatte. Scarabea, die über die ehrliche Einschätzung ihrer Freunde eigentlich ganz froh war, lachte nun ebenfalls. Alles in allem hatten sie sich wirklich königlich amüsiert.

Anders als in Scarabeas Traum waren sie diesmal ganz ohne Hummeln ausgekommen – und auch sonst hatte niemand für den Kuchen sein Leben lassen müssen. Obwohl man das Endprodukt im Grunde genommen als Waffe – nämlich als gemeingefährliche

Kalorienbombe – einstufen musste, bei der Menge an Butter und Zucker, die sie verarbeitet hatten. Die wichtigste Zutat, der Amaretto, sorgte nicht nur für den charakteristischen Geschmack, sondern tröstete auch über die anfänglichen Schwierigkeiten schnell hinweg. Borwin fiel dabei eine neue Kreation ein, Amaretto mit Espresso und Schlagsahne, die er ihnen stolz kredenzte.

Nachdem auch der dritte Kuchen probiert und einstimmig für gut befunden worden war, hatte Scarabea beruhigt zu Bett gehen können.

So kam es, dass sie am nächsten Vormittag um genau zehn Uhr ausgeruht und beschwingt die Tür des Wirtshauses öffnete. Der geräumige Schankraum, der sonst nur spärlich beleuchtet war, erstrahlte nun in hellem Glanz. Die Messingkessel, die wie Kochtöpfe an den Wänden hingen, funkelten und blitzten, und ein wohltuender Geruch nach Zitrus und Bergamotte hing in der Luft.

Die meisten Gäste schienen schon da zu sein, überall hatten sich kleinere Gruppen von vier bis fünf Frauen zusammengefunden, die sich angeregt miteinander unterhielten. In das vielfältige Gegacker und Gekicher mischte sich eine leise Pianomelodie. Die Tische waren zu einem großen U zusammengeschoben und festlich eingedeckt worden. Genau über der Mitte hing eine große silberne Fünfundzwanzig – sicher ein Überbleibsel irgendeiner Silberhochzeit.

»Herzlich willkommen!«, rief eine ihr bekannte Stimme. »Wir freuen uns, dass Sie diesen besonderen Tag mit uns feiern.«

Es war Linda Sichelkorn. Sie nahm Scarabea den Kuchen ab und stellte ihn auf eine lange Tafel, auf der bereits eine Vielzahl bunter Torten und Gebäckstücke stand.

Immer mehr Frauen kamen nun und begrüßten Scarabea, darunter sowohl bekannte als auch unbekannte Gesichter. Brunhilde Meuselböck, die ganz hibbelig war und vor Freude strahlte, drückte Scarabea ein Sektglas in die Hand und führte sie zu ihrem Platz. Nachdem sich alle gesetzt hatten, ergriff Gisela Maibach das Wort.

»Liebe Landfrauen von Hummelstich, meine lieben Mitstreiterinnen und Schwestern! Heute feiern wir das fünfundzwanzigjährige Jubiläum unseres Landfrauenvereins.«

Tosender Applaus erfüllte den Raum, und Gisela Maibach wartete geduldig, bis sich der Jubel wieder etwas gelegt hatte.

»Hinter uns liegen fünfundzwanzig arbeitsreiche Jahre, in denen wir uns alle mit viel Herzblut und ehrenamtlichem Engagement um die Belange der Frauen auf dem Land gekümmert haben. Jede von euch hat ihren Teil dazu beigetragen. Ohne eure Hilfe und euren unermüdlichen Einsatz wäre vieles nicht möglich gewesen. Dafür danke ich euch allen von Herzen.«

Sie klatschte, und die anderen Frauen stimmten mit ein.

»Seit unserer Gründung war es immer unser Ziel, die Fähigkeiten und Fertigkeiten der Frauen auf dem Land zu unterstützen. Wir sehen uns als eine Anlaufstelle bei Problemen sowohl familiärer als auch beruflicher Art, wollen Anregungen geben und die Frauen ermutigen, neue Chancen und Perspektiven zu ergreifen. In den letzten fünfundzwanzig Jahren haben wir schon vieles erreicht, doch noch immer liegen zahlreiche Herausforderungen vor uns. Gerade in Zeiten, in denen unser Dorf mit den Auswüchsen der Globalisierung konfrontiert wird, werden wir mehr denn je gebraucht. Meine Botschaft an euch und an alle Frauen ist damals wie heute: Vereinigt euch, steht fest zusammen und kämpft für eure Interessen. Mischt euch ein. Nehmt euer Schicksal selbst in die Hand. Denkt immer daran: Gemeinsam sind wir stark. Lasst uns also unsere erfolgreiche Arbeit fortführen. Auf dass auch die kommenden Generationen von den Vorzügen dieses Netzwerkes profitieren können.«

Wieder brandete eine Welle stürmischen Beifalls los.

Gisela Maibach erhob ihr Sektglas. »Auf euch, meine Lieben. Auf uns und auf den Hummelstichler Landfrauenverein. Prost.«

Die Sektgläser klirrten, alle prosteten sich zu oder stießen miteinander an, umarmten sich, lachten und tranken.

Scarabea, die dabei ebenso herzlich bedacht wurde, genoss diesen feierlichen Trubel aus vollen Zügen. Sie sah in all die freundlichen und strahlenden Gesichter, und auch wenn sie noch kein offizielles Mitglied der Landfrauen war, so fühlte sie sich doch bereits als eine von ihnen.

Gisela Maibachs Rede hatte sie sehr angesprochen, sie mochte das selbstbewusste, kämpferische Auftreten der Vorsitzenden und bewunderte die Art und Weise, wie sie sich für den Verein und die Frauen einsetzte.

Nun wurde Kaffee eingeschenkt, und alle machten sich über das gigantische Kuchenbüfett her.

Nach einer Weile stand Gisela Maibach noch einmal auf und klopfte mit der Kuchengabel gegen ihr Sektglas.

»Also, der Hummelkuchen ist gar nicht übel. Oder was meint ihr?«

Es erhob sich ein allgemeines zustimmendes Gemurmel. Hier und da wurde applaudiert oder auf den Tisch geklopft.

»Ja, ich denke, das kann man auf jeden Fall gelten lassen. Daher freue ich mich, ein neues Mitglied in unserem Kreis begrüßen zu dürfen: Scarabea von Maarstein.« Sie zeigte auf Scarabea, die kurz in die Runde winkte. »Den meisten von euch dürfte sie ja bereits bekannt sein. Sie ist die Verrückte mit dem Vogel und dem Bücherbus.«

Die Frauen lachten, doch Scarabea nahm ihnen das in keinster Weise übel, im Gegenteil, genauso hätte sie sich auch selbst beschrieben.

»Na, dann passt sie ja prima hierher«, schnatterte Wally Rosenstock munter drauflos und stemmte demonstrativ ihr Sektglas in die Höhe.

»Und sie kriminalisiert gern!«, rief Brunhilde dazwischen.

Wieder lachten und kicherten einige, doch über Gisela Maibachs Gesicht huschte für den Bruchteil einer Sekunde ein dunkler Schatten – und Scarabea war die Einzige, der diese plötzliche Veränderung auffiel.

Gisela Maibach schluckte kurz, dann sprach sie genauso fröhlich wie zuvor. »Sie wird bestimmt Farbe in unseren Verein bringen, und darauf freuen wir uns. Prost. Auf unser neues Mitglied Scarabea.«

»Auf Scarabea!«, riefen viele Stimmen gleichzeitig.

Scarabea bedankte sich mit einem breiten Lächeln, doch insgeheim ging ihr die seltsame Reaktion der Vorsitzenden nicht aus dem Sinn. Was bitte störte Gisela Maibach daran, dass Scarabea der Polizei bei einer Mordermittlung half? Hatte sie etwas zu verbergen? Noch wunderlicher wurde es, als sich Marie Butterblum neben Gisela setzte, ihren Kopf auf deren Schulter legte und sich liebevoll durchs Haar streichen ließ.

Scarabea beugte sich zu Brunhilde hinüber. »Die Gisela und die Marie scheinen sehr vertraut miteinander zu sein.«

Brunhilde rückte ihre Brille zurecht. »Das liegt vermutlich daran, dass sie Mutter und Tochter sind.«

Scarabeas wohlige Heiterkeit ebbte nun vollends ab und wich einem anderen, bestens bekannten Gefühl, einer Mischung aus Stromschlag und kalter Ernüchterung. In ihren Fingerspitzen kribbelte es so heftig, als hätte sie in eine Steckdose gefasst.

Der sechsundzwanzigste Buchstabe des Alphabets

Scarabea starrte in ihre leere Tasse hinein, als würde sich ihr in dem dunklen Kaffeesatz gleich die Antwort offenbaren, die sie suchte. Ihre Gedanken kreisten immer wieder um die gleiche Frage. Wenn Gisela Maibach Maries Mutter war, wer war dann Maries Vater? Sie wunderte sich, warum ihr diese Angelegenheit ein solches Kopfzerbrechen bereitete. Eigentlich ging sie das alles überhaupt nichts an, und sie war die Letzte, die sich in solche Privatsachen einmischte. Doch da war dieses dumpfe, ungute Gefühl in ihr, das sich ihr immer mehr aufdrängte und wie ein schaler Nachgeschmack in ihrem Mund hing.

»Stimmt etwas nicht mit dem Kaffee?«, wunderte sich Brunhilde und schnüffelte an ihrem eigenen Getränk. »Du bist ja so still.«

Scarabea stellte schnell die Tasse beiseite. »Nein, nein, damit ist alles in Ordnung. Sag mal, nur so aus reiner Neugier, wer ist denn der Vater von Marie?« Wenn es jemand wusste, dann die geschwätzige Metzgersgattin, da war sich Scarabea sicher.

»Irgendein Franzose«, behauptete Brunhilde auch sogleich im Brustton der Überzeugung. »Ein Jean-Pierre, den Gisela damals während ihrer Reise durch Frankreich kennengelernt hat.«

Scarabea nestelte an ihrer Serviette herum. »Eine Reisebekanntschaft also.«

Brunhilde nickte enthusiastisch. »Ja.« Sie senkte die Stimme, so als würde sie Scarabea ein Geheimnis verraten wollen. »Nach allem, was sie erzählt hat, muss er ein fürchterlich gut aussehender und charmanter Hallodri gewesen sein, der nur auf eine schnelle Affäre aus war. Jedenfalls hat sie ihn danach nie wieder gesehen.«

»Und Marie? Hatte sie jemals Kontakt zu ihrem Vater?«

»Nein, und Gisela meinte, dass das auch besser so sei. Außerdem kannte sie ja nicht einmal seinen Nachnamen. Wie hätte sie ihn da auch ausfindig machen sollen?«

»Verstehe«, murmelte Scarabea, doch das Unbehagen, das in ihr aufgekeimt war, ließ sich nicht so leicht abschütteln. War es wirklich nur eine flüchtige Zufallsbekanntschaft gewesen? Dieser »fürchterlich gut aussehende und charmante« Monsieur X? Oder hatte sich Gisela Maibach diese Geschichte nur ausgedacht, um die neugierigen Gemüter in der Heimat zu besänftigen?

Als Scarabea am frühen Nachmittag in das Grüneis'sche Bauernhaus zurückkehrte, plagte sie sich noch immer mit dieser Angelegenheit herum. In der Küche traf sie Sven, der am Tisch saß und auf einem Bleistift kaute.

»Was machst du?«, wollte Scarabea wissen.

Sven legte den Stift beiseite. »Ich denke über ›ZZZ‹ nach. Du weißt schon, der ominöse Eintrag in Dirty Harrys Kalenderbuch.«

»Und, hattest du schon eine Eingebung?«

»Nur dass Z der sechsundzwanzigste Buchstabe des Alphabets ist. Aber das hilft uns nicht wirklich weiter.«

»Hilft uns nicht weiter!«, äffte Dr. Jekyll, der auf seiner Kaffeeholzstange saß und wie ein Stehaufmännchen vor und zurück wippte, lautstark nach.

Scarabea, die mit den sonderbaren Verhaltensweisen ihres Papageis vertraut war, wusste, dass er mit dem Geschaukel ihre Aufmerksamkeit auf sich ziehen wollte. »Hast du denn eine Idee, mein ehrwürdiger Freund?«, fragte sie neugierig und vollführte dabei eine demutsvolle Verbeugung. Der Ara liebte es, wenn man ihn wie einen König behandelte.

Dr. Jekyll plusterte sein Gefieder auf, wie er es immer tat, wenn er sich wichtig fühlte. »Zwo, zwo, zwo«, verkündete er mit einer Ernsthaftigkeit, als würde er einen Paragrafen aus einem Gesetzbuch deklamieren.

Sven lachte, doch Scarabea hielt für einen Moment inne. »Kann ich den Eintrag von Dirty Harry bitte mal sehen?«

Sven nahm sein Smartphone und rief das Foto auf, das er von der Kalenderseite gemacht hatte.

Scarabea schnappte sich das Gerät und starrte mehrere Minuten regungslos auf die Zeichen. Dr. Jekylls Idee war gar nicht so abwegig. Vielleicht waren das ja gar keine Buchstaben. Vielleicht waren das Zahlen.

»Weißt du, ich glaube, Dr. Jekyll hat recht. Das könnten wirklich drei Zweien sein«, sagte sie schließlich, den Blick noch immer auf das Display gewandt.

Sven, der schon wieder auf dem unteren Ende des Bleistifts herumgekaut hatte, musste unwillkürlich husten. »Wie bitte?« Er hatte sich den Eintrag bestimmt ein Dutzend Mal angesehen, und nie war er dabei auf diesen Gedanken gekommen. Seiner Meinung nach brauchte es schon eine gehörige Portion Phantasie, damit aus Buchstaben Zahlen wurden. Andererseits kannte er niemanden, der so viel Einfallsreichtum und Intuition besaß wie Scarabea.

»Aber klar doch!«, rief sie euphorisch. »Ganz bestimmt sogar. Der obere Bogen ist nur nicht so schön geschwungen, deshalb kann man es leicht mit einem Z verwechseln.«

Sven schüttelte bloß verständnislos den Kopf. »Aber was soll das bedeuten? Das wird ja immer komplizierter.«

»Lass mich mal überlegen. Hm, ein Schließfach vielleicht, oder eine Buslinie, oder ein Hotelzimmer ... gibt es hier ein Hotel in der Nähe?«

»In Hummelstich nicht, aber natürlich in Bad Frankenhausen.«

»Gut. Dann frag bitte mal nach, ob es dort ein Zimmer mit der Nummer 222 gibt, und wenn ja, wer zu dem fraglichen Zeitpunkt dort übernachtet hat.«

Sven sah sie an, als wäre sie von allen guten Geistern verlassen. Er wusste ja, dass ihre spontanen Einfälle durchaus ihr Gutes hatten. Doch was würde es ihnen bringen, derart blind im Trüben zu fischen? Gab jetzt ein Papagei den Takt an, oder was?

»Sven? Das ist echt wichtig.«

»Okay, ich mach ja.« Sven stand auf und nahm seine Jacke. Er wusste, wenn sich Scarabea einmal etwas in den Kopf gesetzt hatte, würde sie keinen Zentimeter davon abweichen. Widerstand war zwecklos.

Scarabea kramte nun ebenfalls ihr Smartphone hervor und wählte Borwins Nummer. Nach Brunhilde Meuselböck war er die nächste Anlaufstelle, wenn es um den Dorfklatsch ging. Als Friseur musste er sich täglich den Tratsch der Leute anhören, ob er wollte oder nicht.

Es klingelte dreimal, dann nahm Borwin am anderen Ende der

Leitung ab. »Na, wie ist es denn gelaufen, meine Liebe? Darf ich gratulieren?«

Scarabea wusste erst gar nicht, wovon er sprach. »Ähh …«, stammelte sie.

Borwin präzisierte seine Frage. »Na, bist du nun eine Hummelstichler Landfrau oder nicht?«

»Ach so.« Scarabea lachte leise. »Ja, bin ich.«

Durch die Leitung drang ein Johlen. »Herzlichen Glückwunsch, ich wusste doch, dass du das schaffst. Dein Hummelkuchen war ja auch ganz formidabel.«

Normalerweise hätte sich Scarabea über ein Lob aus dem Mund ihres Freundes und passionierten Hobbykochs ehrlich gefreut, doch jetzt hatte sie keine Zeit für so etwas.

»Danke, aber deshalb rufe ich dich eigentlich nicht an. Ich muss herausfinden, wer Marie Butterblums Vater ist. Kannst du mir da helfen?«

Der abrupte Themenwechsel schien Borwin zu überrumpeln. Er blieb eine Weile ganz still. »Hm, keine Ahnung«, sagte er dann. »Soweit ich weiß, hat Gisela immer allein gelebt. Sag mal, ist das was Kriminalistisches?«

»Sozusagen. Und dir fällt wirklich gar nichts ein?«

Borwin schnäuzte sich so laut, dass es klang, als würde sich ein Elefant die Nase putzen. »Gisela hat eine Cousine in Tannenglück. Sie heißt Elisabeth Schnabel und ist eine meiner besten Kundinnen. Vielleicht weiß die ja was.«

Na bitte, dachte Scarabea. Auf Borwin ist eben immer Verlass. Sie dankte ihm, und er bot ihr an, sie nach Tannenglück zu begleiten, was sie gern annahm.

Eine halbe Stunde später standen sie vor einem kleinen hyazinthfarbenen Haus und läuteten an der Eingangstür.

Elisabeth Schnabel war eine fidele und rüstige Frührentnerin mit dauergewelltem silbergrauem Haar und neugierig leuchtenden Augen. Als sie Borwin erblickte, brach sie sofort in einen hellen Sturm der Begeisterung aus, bat ihn und Scarabea freundlich herein und servierte ihnen in ihrem gemütlichen Wohnzimmer Kaffee und Butterkekse. Sie hörte sich geduldig Scarabeas Fragen an und schien die Plauderei über die Männerbekanntschaften ihrer Cousine regelrecht zu genießen. In puncto Vaterschaft erzählte sie jedoch haargenau die gleiche Geschichte, die Scarabea schon von Brunhilde gehört hatte.

»Gab es damals noch andere Verehrer?«, bohrte Scarabea weiter, da sie die Version von dem ominösen Unbekannten doch für reichlich zweifelhaft hielt.

»Natürlich. Die Gesa war ja ein ziemlich heißer Feger. Da hat schon so manch einer einen Blick riskiert.« Elisabeth Schnabel schürzte die Lippen. »Leider hat sie nie wirklich Glück mit den Männern gehabt. Ich weiß noch, kurz bevor sie damals nach Frankreich gefahren ist, hat sie so einem Luftikus den Laufpass gegeben. Deshalb ist sie ja auch weggefahren. Um auf andere Gedanken zu kommen.«

Scarabea spürte wieder das Kribbeln in ihren Fingerspitzen. »Sie wissen nicht zufällig den Namen dieses Mannes?«

Elisabeth Schnabel überlegte einen Moment und schüttelte dann den Kopf. »Nein, tut mir leid, das ist alles zu lange her.«

»Vielleicht Harald? Oder Harry?«

Borwin, der gerade Frau Schnabels beeindruckende Sammlung graziler Jahresendzeitflügelfiguren betrachtet und dabei einen Keks genascht hatte, verschluckte sich bei Scarabeas Fragen derart, dass er einen Hustenanfall bekam. Schnell klopfte er sich auf die Brust und spülte mit etwas Kaffee nach.

Elisabeth Schnabel reichte ihm eine Papierserviette. »Schon möglich. Aber mit Bestimmtheit kann ich das wirklich nicht sagen.«

Auf der Rückfahrt nach Hummelstich sprach Borwin kein einziges Wort. Das sonst so fröhliche und ansteckende Lächeln auf seinem Gesicht war völlig verschwunden. Er sah aus, als hätte er ein Gespenst gesehen.

Scarabea, die ganz in ihre Gedanken versunken war, nahm nur am Rande Notiz davon. Entgegen ihrer Gewohnheit gab auch sie keinen Mucks von sich.

Die schweigsame Fahrt endete vor dem Grüneis'schen Bauernhaus, wo Sven sie bereits erwartete.

»Hast du mit dem Hotel gesprochen?«, wollte Scarabea wissen.

Sven nickte. »Ja, und es ist sehr, sehr merkwürdig. Zimmer 222 war schon zum wiederholten Mal für eine Marie Stenz reserviert, doch die ist in jener Nacht dort nicht aufgetaucht. Und auch sonst hat sich niemand wegen dieser Reservierung gemeldet. Der Hotelangestellte meinte, sie hätten sich darüber keine großen Gedanken gemacht, denn es käme schon manchmal vor, dass die Leute vergessen, ihre Buchung zu stornieren. Wie in solchen Fällen üblich, hat das Hotel die Rechnung für die Übernachtung an die dort bekannte Adresse geschickt. Und dreimal darfst du raten, wie die wohl lautet.« Er wartete jedoch keine Antwort ab. »Mühlgrabenweg 15 in Tannenglück. Die Anschrift von Dirty Harrys Büro.«

Scarabea zog die Schuhe aus, setzte sich auf einen Stuhl am Küchentisch und massierte sich die Füße. Dirty Harry und Marie Butterblum hatten sich also auf ein Stelldichein im Hotel verabredet gehabt. Doch keiner der beiden war an dem Abend dort angekommen.

Siebenundzwanzig Axthiebe

Dr. Jekyll spähte aus dem Fenster. Er wusste genau, warum Bill, der Hahn, schon seit Tagen nicht mehr gekräht hatte. Das lag zum einen an dem Erlebnis im Sprudelfußbad, das bei dem kampfesmutigen Oberschurken offenbar nachhaltig Eindruck hinterlassen hatte und von dem er sich erst einmal erholen musste. Zum anderen, da war sich Dr. Jekyll sicher, plante die Hühnerbande bestimmt schon ihren nächsten großen Coup. Sie konnten gar nicht anders. Es lag ihnen im Blut.

Dr. Jekyll presste seinen Schnabel gegen die Glasscheibe. Sein sphinxenhafter Blick überflog den ganzen Hof von der Scheune bis zum Misthaufen, doch von den gefiederten Ganoven war weit und breit nichts zu sehen. Sehr verdächtig. Welche Schandtat sie wohl gerade wieder ausheckten? Dr. Jekyll tippte auf Einbruch und Diebstahl, schließlich war das ihr Metier.

Ein schweres Seufzen ließ ihn aufhorchen. Es kam aus einer Ecke der Küche, in der sich Krümel, der noch immer wie ein Geächteter behandelt wurde, in seinem Korb zusammengerollt hatte. Mit einer Gutmütigkeit, die nur ein Hund aufzubringen vermochte, hatte er sich in sein Schicksal ergeben und döste nun den lieben langen Tag vor sich hin. Wahrscheinlich wollte er die Zeit, in der ihm Leckerlis, Außer-der-Reihe-Würstchen und sonstige Zuwendungen seiner Besitzer versagt blieben, einfach verschlafen.

Dr. Jekyll fand das alles zutiefst ungerecht. Während der arme Krümel für ein Verbrechen bestraft wurde, das er nicht begangen hatte, liefen die wahren Übeltäter noch immer frei und unbehelligt herum. Welche harmlose Kreatur würden sie als Nächstes ins Verderben stürzen? Er konnte sich das nicht länger mit ansehen. Er musste etwas unternehmen und seine Sphinxkräfte für den guten Zweck einsetzen. *Arrivederci Dolcefarniente!*

Sven und Scarabea würden ihm bestimmt keine große Hilfe sein. Die zwei bekamen ja momentan gar nichts mehr mit, sondern liefen nur noch mit Tunnelblick durch die Gegend. Alles, was sie derzeit interessierte, war die Aufklärung dieses vermaledeiten Mordfalls. Wenn das mal nicht schon an Fanatismus grenzte! Die beiden hätten sich mal lieber um den armen Hund kümmern sollen, dann hätten sie nämlich auch gemerkt, dass er unmöglich hinter den Diebstählen stecken konnte und vollkommen unschuldig war. Seine treuen Augen sollten doch nun wirklich Beweis genug dafür sein.

Wenn man nicht alles selbst machte! Am Ende würde er auch noch den Mörder dieses unsympathischen Dorfcasanovas finden müssen, nur damit endlich wieder Ruhe im Haus einkehrte und alle wieder zur Vernunft kämen. Es blieb einem aber auch nichts erspart! Doch eins nach dem anderen. Erst mal waren die Hühner dran.

Dr. Jekyll neigte den Kopf zur Seite. Wenn es nur ein Beweisfoto gäbe. Oder besser noch einen Film. Eine Aufnahme, die zeigte, wie sich die Hühner am Eigentum fremder Leute zu schaffen machten. Ja, er brauchte etwas Handfestes, und wenn er diese kriminelle Bande überführen wollte, dann musste er sie auf frischer Tat ertappen.

Mit einem eleganten Schwung landete Dr. Jekyll auf dem Küchentisch. Hatte er nicht irgendwo eine Kamera herumliegen sehen? So eine kleine Action-Cam, die Sven sich manchmal an den Lenker seines Fahrrads klemmte.

Dr. Jekyll reckte den Hals wie eine neugierige Gans. Dort drüben, neben der Anrichte! Nein, das war nur ein Dosenöffner. Vielleicht im Flur? Er flatterte hinaus, ließ sich auf dem dunkelbraunen Kleiderständer nieder und äugte aufgeregt hinunter. Bingo! Da, auf der breiten Holzkommode, befand sich das gesuchte Objekt.

Mit nur wenigen Flügelschlägen war er da und musterte das kleine Hightechgerät, an dem eine elastische Schlinge befestigt war. Durch diese steckte er seinen Kopf hindurch, so weit, bis die Kamera fest auf seiner Brust anlag. Flugs hüpfte er von der Kommode hinunter und schritt hocherhobenen Hauptes den Flur entlang. Überhaupt zeugte seine ganze Körperhaltung von einem enormen Selbstwertgefühl. Stolzer konnte nur ein Bernhardiner mit Rumfass sein.

Durch die angelehnte Verandatür gelangte Dr. Jekyll ins Freie. Mit seinen winzigen Trippelschritten umrundete er das Haus, bis er bei einer Wiese ankam, auf der die sieben Hühner gerade die Köpfe zusammensteckten. Aha! Er hatte doch gewusst, dass hier wieder eine Verschwörung im Gange war.

Langsam pirschte er sich an, ins Gras geduckt, wie eine Katze auf der Jagd. Da setzten sich die Hühner plötzlich in Bewegung und steuerten quer über die Wiese direkt auf den Feldweg zu. Dr. Jekyll, fest entschlossen, die Bande nicht mehr aus den Augen zu lassen und jeden noch so kleinen Fehltritt genauestens zu dokumentieren, heftete sich an ihre Fersen. Sie mussten ein komisches Bild abgeben, wie sie so im Gänsemarsch an Wegesrändern, Gartenzäunen und Hauswänden entlangspazierten.

Nach einer Weile blieben die Hühner stehen. Sie hatten ein unscheinbares Backsteingebäude erreicht, vor dem ein abgehalfterter Bratwurstrost, eine umgefallene Käsehitsche und ein Hackklotz mit Beil eine trübsinnige Gemeinschaft bildeten. Was nun geschah, war so sonderbar, dass Dr. Jekyll die Kinnlade herunterfiel. Er besann sich jedoch und betätigte an der Kamera schnell die Aufnahmetaste, die er mit seinem Schnabel bequem erreichen konnte.

Die Hennen watschelten zur Haustür und stellten sich dort in einer, für Hühner höchst ungewöhnlichen, Pyramidenformation auf. Die drei dicksten blieben unten, zwei weitere fungierten als Zwischengeschoss, und die zierlichste Henne kletterte als Spitze ganz oben hinauf.

Dr. Jekyll staunte. Mit dieser Nummer hätten die sechs wirklich im Zirkus anfangen können. Doch damit nicht genug, erklomm nun der Hahn die wacklige Pyramide, wodurch er bis zum Türschloss reichte. In dieses steckte er sogleich einen Teil seines linken Fußes hinein und stocherte darin herum. Das musste der Sporn sein, mit dem er immer so herumprahlte. Zu Dr. Jekylls Überraschung sprang die Tür tatsächlich auf – und kaum, dass der Spalt groß genug war, verschwanden die Hühner auch schon im Inneren des Hauses.

Dr. Jekyll zögerte. Sollte er ihnen folgen? Oder lieber auf ihre Rückkehr warten? Da er mit der Käsehitsche gerade ein prima Versteck gefunden hatte, entschied er sich für Letzteres.

Lange musste er nicht ausharren. Bereits nach wenigen Minuten ertönte ein lauter Schrei, und die räuberischen Hühner preschten samt ihrer Beute wieder zur Haustür hinaus. Sie rannten augenscheinlich um ihr Leben, dicht gefolgt von einem höchst erbosten Mann, der ein ausgefranstes Handtuch um die klapperdürren Lenden trug und dessen nackter, triefender Körper verriet, dass er gerade unter der Dusche gestanden hatte.

»Ihr denkt wohl, mit dem alten Walter könnt ihr's machen, oder was?«, rief er aufgebracht. »Da habt ihr euch aber getäuscht.« Er griff sich die Axt, die auf dem Hackklotz gelegen hatte, und hieb damit auf die panisch im Kreis herumrennenden Hühner ein, verfehlte sie jedoch jedes Mal um wenige Zentimeter.

»Das ist für meine Bemmbiggse!«, schrie er und schlug mit der Axt gewaltsam zu. »Und das für die Bulle, über die ich damals gestolpert bin.«

Es grenzte beinahe an ein Wunder, dass keines der Hühner bei dem Wutausbruch verletzt wurde. Einzig und allein das Diebesgut, das aus einem geblümten Polyesternachthemd, mehreren weißen Feinrippunterhosen und einem Büstenhalter aus weinroter Spitze bestand, musste dran glauben und fiel dem Hackebeil zum Opfer.

»Und das ist für mein gebrochenes Bein«, krakeelte der alte Walter und schrie sich seinen ganzen Frust von der Seele.

»Ihr Ausgeburten! Gemeines Verbrecherpack!« Er fluchte und schimpfte so sehr, dass er gar nicht bemerkte, wie sich das Handtuch löste, über sein knochiges Becken rutschte und auf die Erde fiel. Erst als er lautes Gelächter hörte, hielt er inne und wurde sich seiner peinlichen Situation gewahr. Etwa zehn Meter entfernt, hinter einem Gartenzaun, standen Paulchen und Max. Die beiden Jungen aus dem Dorf hatten die ganze Szenerie klammheimlich beobachtet und hielten sich die Bäuche vor Lachen.

Der alte Walter hob drohend die Faust, dann warf er die Axt beiseite und verschwand mit hochrotem Kopf in seinem Haus.

Dr. Jekyll, der alles mit der Action-Cam gefilmt hatte, atmete erleichtert auf. Jetzt hatte er endlich etwas, das er gegen die Bande vorbringen konnte.

Der gesamte Vorfall hatte mehrere Ereignisse zur Folge. Krümel wurde in allen Punkten rehabilitiert und für die irrtümliche Verdächtigung mit einer extragroßen Portion Schlagsahne entschädigt. Der Hühnerstall trug fortan den Namen »Guantanamo«, wohin die sieben gefiederten Diebe verfrachtet und mit sofortiger Wirkung unter Arrest gestellt wurden. Um ihre dauerhafte Sicherheitsverwahrung zu gewährleisten, wurde das Gehege mit einer doppelten Vergitterung verstärkt.

Der alte Walter forderte indes Genugtuung für die zerhackten Textilien sowie die Zahlung von Schmerzensgeld, nahm jedoch, als sich herausstellte, dass der weinrote Spitzen-BH nicht seiner Frau Erna gehörte, schnell wieder Abstand von einer Klage.

Dr. Jekyll gönnte sich in einer extra für ihn angefertigten Hängematte eine Auszeit und träumte noch ein paarmal von seiner selbstlosen heroischen Tat.

Achtundzwanzig goldene Haare

Borwin fühlte sich, als hätte er einen Schlag in die Magengegend bekommen. Obwohl die Temperatur angenehme zweiundzwanzig Grad betrug, fröstelte er. Übelkeit stieg in ihm hoch. Zwar war es bisher nicht mehr als ein vager Verdacht, doch Scarabea, die die dunklen Triebe ihrer Mitmenschen wie ein Bluthund aufzuspüren vermochte, schien diese Abscheulichkeit ernsthaft in Betracht zu ziehen.

Es war ihm sofort klar gewesen, als sie gegenüber Elisabeth Schnabel den Namen Harald erwähnt hatte. Scarabea glaubte also, dass Dirty Harry Maries Vater war. Und wenn die Gerüchte stimmten, dass Marie nun ebenfalls ein Kind von diesem Unhold erwartete, dann … ja, dann wäre das ein derart ungeheuerlicher Skandal, dass er nicht einmal wagen würde, das laut auszusprechen. Allein der Gedanke war ihm schier unerträglich.

Nur langsam fand Borwin wieder ins Hier und Jetzt zurück. Er atmete mehrmals tief durch und spürte, wie die Übelkeit allmählich abflaute. Nun erst wurde ihm bewusst, dass er am Küchentisch saß und Sven und Scarabea neben ihm in ein Gespräch vertieft waren. Sven, der über das mögliche Inzestszenario ebenso entsetzt und aufgebracht zu sein schien wie Borwin, hatte die Hände zu Fäusten geballt. Seine Ohren glühten wie zwei Heizspiralen, und auf seiner Stirn hatte sich eine lange Zornesfurche gebildet. Nur Scarabea war ganz die Ruhe selbst.

»Okay, hier ist der Plan«, sagte sie und klang wie Egon von der Olsenbande. »Wir brauchen zwei DNA-Proben, eine von Marie und eine von Stenz. Sven, du gehst am besten bei den Butterblums vorbei.«

Sven lockerte seine angespannte Haltung. »Du meinst, ich soll offiziell einen Speicheltest nehmen?« Aus irgendeinem Grund, den er sich selbst nicht so richtig erklären konnte, stimmte ihn die Aussicht, mit einem Wattestäbchen im Mund fremder Leute herumfuhrwerken zu müssen, gleich viel optimistischer.

Scarabea schüttelte jedoch energisch den Kopf und machte

damit all seine Hoffnungen auf kriminaltechnische Untersuchungen zunichte. »Nein. Du schaust erst mal nach Henrik, fragst, ob es ihm heute wieder besser geht, und dann sagst du, dass du mal ins Badezimmer musst. Dort stellst du dann das Genmaterial sicher. Zum Beispiel Maries Zahnbürste oder auch Haare aus einer Bürste oder einem Kamm.«

»Ja, mach ich«, sagte Sven, der froh darüber war, überhaupt etwas Spurensicherung betreiben zu können. »Und woher kriegen wir die DNA von Stenz?« Er vollführte eine Schaufelbewegung mit seinem rechten Arm. »Exhumierung?«

Scarabea verzog das Gesicht, was bedeutete, dass dies nur eine der letzten Optionen für sie war. »Lass uns jetzt lieber noch nicht so laut auf die Pauke hauen«, meinte sie. »Ich will, dass sich der Mörder weiterhin in Sicherheit wiegt. Außerdem habe ich schon eine Idee, wie wir auch ohne eine Graböffnung an Dirty Harrys DNA herankommen können.« Sie rieb sich die Hände, als würde sie eine Verschwörung planen. Sie sah Sven lächelnd an.

»Du hast doch von den Furien, die neulich vor der Eisdiele aufeinander losgegangen sind, die Personalien aufgenommen, nicht wahr?«

»Natürlich«, bestätigte Sven.

»Kannst du mir die bitte geben?«

»Dann müssen wir aber an der Dienststelle vorbei.«

Schon stand Scarabea in den Startlöchern. »Worauf warten wir?«, rief sie voller Tatendrang, und während Borwin murmelte, dass er jetzt erst einmal etwas kochen und dabei in aller Ruhe ein Zwetschgenwässerchen trinken musste, um auf andere Gedanken zu kommen, nahm Sven einen Gefrierbeutel aus dem Küchenschrank und steckte ihn in seine Hosentasche.

In der Dienstbaracke reichte er Scarabea den Ausdruck der personengebundenen Daten, dann schlugen sie verschiedene Richtungen ein, und er machte sich auf den Weg zu den Butterblums.

Scarabea warf einen Blick auf die Liste und entschied sich spontan für Vanessa Krämer, die achtundzwanzig Jahre alt war und in der Kirchgasse 7 wohnte. Das lautstarke Hundekläffen, das dort auf ihr Klingeln ertönte, kam ihr vertraut vor, und wie sich herausstellte, handelte es sich bei Vanessa Krämer um die Louis-Vuitton-Handtaschenträgerin und Besitzerin des Pekinesen.

»Verzeihen Sie die Störung«, sagte Scarabea freundlich und setzte ihre beste Unschuldsmiene auf. »Der ›Kyffhäuser Kurier‹ plant einen Nachruf auf den kürzlich verstorbenen Herrn Harald Stenz, und dazu würde ich gern mit jemandem sprechen, der ihn besonders gut gekannt hat.« Bei dem Wörtchen »gut« senkte sie kaum merklich ihre Stimme.

Vanessa Krämers Augen funkelten vor Verzückung. »Da sind Sie hier ja genau richtig. Niemand hat ihn besser gekannt als ich, wissen Sie?« Sie trat einen Schritt zurück und machte eine einladende Handbewegung. »Kommen Sie doch bitte herein.«

Sie gingen ins Wohnzimmer, setzten sich in zwei schicke dunkelblaue Designersessel, und Vanessa Krämer schlug die Beine übereinander.

»Sie waren also mit Herrn Stenz befreundet?«, fragte Scarabea neugierig und holte, ganz wie es sich für eine Reporterin gehört, Stift und Schreibblock hervor.

In Vanessa Krämers Antwort schwang Entrüstung mit. »Was heißt befreundet? Wir waren ein Liebespaar!«

Scarabea machte sich eine Notiz. Dann sah sie die junge Frau unverwandt an. »Können Sie das denn auch beweisen?«

Vanessa Krämer verschränkte die Arme. »Ich wüsste nicht, wieso ich Ihnen darüber Rechenschaft schuldig bin. Ich muss gar nichts beweisen.«

»Natürlich nicht.« Scarabea schürzte die Lippen. »Aber … wie soll ich sagen, es gibt noch einige andere Damen, die ebenso behaupten, mit Herrn Stenz liiert gewesen zu sein.«

Vanessa Krämers zierlicher Nase entwich ein empörtes Schnauben. »Hochstaplerinnen allesamt. Die wollen sich doch nur wichtigmachen. In Wahrheit hat er nur mich geliebt. Das war was Ernstes mit uns, wir wollten sogar heiraten. Er wollte vorher nur noch seine Geschäfte abwickeln.«

»Verstehe.« Scarabea schrieb etwas auf ihren Block. »Dann hat er Ihnen also einen Antrag gemacht?«

»Er hat mir einen Brief geschrieben.« Die junge Frau stand auf, öffnete eine Schublade, griff hinein und zog einen pastellvioletten

Umschlag hervor. Dem entnahm sie einen Brief, entfaltete ihn behutsam und reichte ihn stolz an Scarabea weiter.

»Sehen Sie doch, er hat sogar eine Haarlocke von sich hineingetan.«

Heureka!, dachte Scarabea und schmunzelte in sich hinein. Das läuft ja wie geschmiert!

Sie nahm das Schriftstück in beide Hände und hielt es so, dass die Haarlocke nicht herunterfallen konnte. Dann überflog sie die handschriftlichen Zeilen, die nichts als abgedroschene und hohle, wenngleich auch hübsch verpackte Phrasen enthielten. Scarabea musste unweigerlich husten. Bei diesem widerlichen Süßholzgeraspel kam ihr echt die Galle hoch.

»Sagen Sie, könnte ich vielleicht ein Glas Wasser bekommen?«, bat sie und wurde gleich darauf wieder von einem heftigen Hustenanfall durchgeschüttelt.

Vanessa Krämer warf einen kurzen ängstlichen Blick auf den Brief, so als befürchtete sie, dass er in ihrer Abwesenheit irgendeinen irreparablen Schaden nehmen könnte. »Selbstverständlich. Warten Sie einen Moment, ich bin gleich wieder da.« Sie eilte aus dem Zimmer.

Darauf hatte Scarabea nur gewartet. Sie teilte die Haarlocke und wickelte den kleineren Teil in ein sauberes Zellstofftaschentuch ein, das sie bei sich hatte. Dieses ließ sie blitzschnell in ihrer Handtasche verschwinden. Die restlichen Haare legte sie in den Brief zurück. Als Vanessa Krämer wieder das Zimmer betrat, faltete sie ihn vorsichtig zusammen, steckte ihn in den Umschlag und reichte ihn der jungen Frau, die nun sehr erleichtert schien.

Scarabea nahm dankend das Glas Wasser entgegen, trank einen Schluck, stellte noch einige unverfängliche Fragen und kritzelte ein paar unleserliche Notizen auf ihren Block, bevor sie sich mit einem überraschten Blick auf die Uhr verabschiedete.

Auch Sven hatte seinen Auftrag erfolgreich ausgeführt und war bereits mit Marie Butterblums Zahnbürste, die er ordentlich in dem Gefrierbeutel verstaut hatte, zurückgekehrt. Noch am selben Abend brachte er die Proben nach Bad Frankenhausen und lieferte sie bei seinem Bekannten, dem Kriminaltechniker Uwe Westphal, ab. Dieser versprach, sich am nächsten Morgen umgehend darum zu kümmern, und keine vierundzwanzig Stunden später schickte er Sven eine E-Mail, in der er ihn über das Ergebnis informierte.

Sven und Scarabea schauten gemeinsam auf den Computerbildschirm. Nun hatten sie es schwarz auf weiß: Marie Butterblum war Dirty Harrys Tochter.

Wie vor neunundzwanzig Jahren

Gisela Maibach wirkte ruhig und gefasst. Sie war nicht überrascht gewesen, als Sven und Scarabea sie mit den neuesten Erkenntnissen konfrontiert hatten. Auf das Blatt Papier, das vor ihr auf dem Tisch lag und das das Ergebnis des DNA-Tests enthielt, hatte sie nur einen kurzen Blick geworfen.

»Es stimmt«, sagte sie schließlich mit fester, selbstsicherer Stimme. »Marie ist Haralds Tochter.« Sie nahm einen tiefen Atemzug. »Und ich habe ihn umgebracht.« Beim Ausatmen entwich die Luft aus ihr wie aus einem Luftballon. Sie schien extrem erleichtert darüber zu sein, sich diese Last endlich von der Seele reden zu können.

Sven und Scarabea sahen sich erstaunt an. Mit einem solchen Geständnis hatten sie beide nicht gerechnet.

»Du hast was?«, fragte Sven ziemlich perplex, und Scarabea, die nicht ganz so bestürzt war, drückte behutsam seinen Arm.

»Bitte erzähl uns alles«, bat sie. »Die ganze Geschichte. Von Anfang an.«

Gisela Maibachs Blick wanderte über die vielen Bilder an der Wand. Es waren Aquarelle und Zeichnungen aus ihrer eigenen Hand, hauptsächlich Porträts und Landschaften. Kleine, ausdrucksstarke Meisterwerke. »Die Tragödie begann bereits vor neunundzwanzig Jahren. Wie ihr ja schon herausgefunden habt, hatten Stenz und ich zu jener Zeit ein Verhältnis. Ich war über beide Ohren verliebt in ihn – keine Ahnung, was mich damals geritten hat. Jedenfalls hat er nur mit mir gespielt, so wie er es immer mit allen Menschen gemacht hat. Das wurde mir aber erst klar, als ich ihn mit einer anderen in flagranti erwischt habe. Doch da war es schon zu spät. Ich war schwanger von ihm.« Sie strich sich gedankenversunken über den Bauch. »Ich reiste nach Frankreich und wollte dort einen Abbruch vornehmen lassen, doch als es so weit war, brachte ich es nicht über mich. Es war mein Kind, und ich verstand, dass dieses Kind ein Geschenk war, egal, wie widrig die Umstände auch waren. Also kehrte ich nach Hummelstich zurück, bekam Marie und gab als Vater eine zufällige Bekanntschaft in Frankreich an. Ich muss wohl ziemlich überzeugend gewesen sein, denn bis heute hat niemand meine Geschichte angezweifelt. Dazu kam, dass ich meine Affäre mit Harald damals nie an die große Glocke gehängt habe. Eigentlich wusste niemand davon.«

Sie schloss für ein paar Sekunden die Augen, dann fuhr sie fort. »Die Zeit ging ins Land, und meine Tochter wuchs zu einer schönen jungen Frau heran. Sie heiratete den jungen Bauern Butterblum, und ich dachte, alles sei in bester Ordnung. Sie schien glücklich und zufrieden zu sein. Nie im Leben hätte ich es für möglich gehalten, dass sie eine Affäre mit Harald haben könnte oder dass sie ihn überhaupt als Liebhaber in Betracht ziehen würde. Er war doch so viel älter als sie, und ein ekelhafter und abstoßender alter Zausel noch dazu.«

Sven, der eine ähnliche Meinung über Stenz hatte, nickte zustimmend.

Gisela Maibach seufzte schwer. »Vor ungefähr einem Monat hat sie sich mir anvertraut und mir alles erzählt. Ich glaube, mein Herz stand für einen Augenblick still, besonders als sie mir sagte, dass sie von diesem Scheusal ein Kind erwartet. Natürlich konnte ich ihr da nicht mehr die Wahrheit erzählen. Das hätte sie mit Sicherheit umgebracht.«

»Hast du es Dirty Harry gesagt?«, fragte Scarabea.

Gisela nickte. »Ja. Ursprünglich wollte ich ihm gar nichts antun, sondern ihn nur zur Rede stellen. Doch als ich ihm erzählt habe, dass Marie seine Tochter ist und er gefälligst seine dreckigen Finger von ihr lassen soll, hat er mich nur ausgelacht und eine verklemmte alte Schachtel genannt. Dann bleibt es doch wenigstens in der Familie, hat er gesagt.«

Sven und Scarabea tauschten einen kurzen Blick. Sie wussten beide nicht, was sie sagen sollten.

»Einmal ein Schwein, immer ein Schwein«, meinte Gisela Maibach. »Das hatte sich auch nach neunundzwanzig Jahren nicht geändert.« Sie lachte bitter. »Ich hätte damals schon etwas unternehmen sollen. Aber wer hätte denn ahnen können, dass er nicht einmal vor seiner eigenen Tochter haltmachen würde.«

Sven stand auf und ging ans Fenster. Sein Kopf war knallrot angelaufen, und er sah aus, als würde er gleich explodieren.

»Ich habe nur noch einen Ausweg gesehen, versteht ihr?«

»Das verstehen wir absolut«, pflichtete Scarabea bei, und Sven, der seine Emotionen langsam wieder in den Griff bekam, kehrte zum Tisch zurück.

»Wie hast du es genau gemacht?«, wollte er wissen.

Gisela Maibachs Miene wurde ungewohnt hart. »Ich hatte herausgefunden, dass Marie sich mit ihm im Hotel in Bad Frankenhausen treffen wollte.«

»Sie ist aber dort nicht aufgetaucht«, warf Sven ein.

»Nein, sie hat sich mit Henrik gestritten. Und ich habe Stenz in seiner Wohnung besucht. Natürlich hatte ich mich verkleidet, mit Perücke, Sonnenbrille und Handschuhen und so. Er hat überhaupt nichts kapiert und gedacht, ich wolle ihn mit der Aufmachung verführen. Als wenn das der einzige Lebenszweck aller Frauen im Universum wäre. Aber ich habe erst mal mitgespielt, und dann, als er da so auf dem Bett lag, vollkommen nackt und alle viere von sich gestreckt, da habe ich die Gelegenheit beim Schopf gepackt und ihm einen kleinen Stromschlag verpasst.«

»Mit dem Viehtreiber …«, murmelte Sven.

»Ich wusste, dass er ein schwaches Herz hatte. Außerdem werden kleinere Strommarken bei einer oberflächigen Leichenschau leicht übersehen. Und es war einfach für mich, an so ein Gerät heranzukommen. Mein Schwiegersohn lässt sie immer überall auf seinem Hof herumliegen.«

»Das war ziemlich gerissen«, gab Scarabea zu.

»Offenbar nicht gerissen genug.«

Scarabea saß kerzengerade da und faltete die Hände. Sie hatte eine Entscheidung gefasst. »Von mir aus braucht niemand etwas von dem, was in diesem Raum gesagt wurde, zu erfahren.« Sie sah Gisela direkt in die Augen. »Weißt du, um ehrlich zu sein, ich hätte das Gleiche für meine Tochter getan.«

Die beiden Frauen schauten sich für eine Weile still an, und ein dankbares Lächeln huschte über Giselas Gesicht.

Ja, dachte Scarabea. Sie hätte ebenso gehandelt. Okay, vielleicht hätte sie sich für eine andere Herangehensweise entschieden, ein nicht nachweisbares Gift zum Beispiel oder ein kleiner Schubs am oberen Ende der Kellertreppe. Aber Fakt war, dass sie Gisela Maibachs Motiv nur zu gut nachempfinden konnte.

Sven hingegen schien noch unschlüssig zu sein. Er rutschte unruhig auf seinem Stuhl hin und her und hatte die Lippen fest aufeinandergepresst. Scarabea konnte sehen, wie es im Gehirn des jungen Polizisten arbeitete. Er schien abzuwägen, was richtig und was falsch war. Bestimmt dachte er auch an Lotta und überlegte, zu was er wohl in einer vergleichbaren Situation fähig wäre.

Scarabea räusperte sich und startete einen neuen Anlauf. Vielleicht konnte sie Sven die Entscheidung leichter machen, wenn sie ihm ein paar Argumente lieferte.

»Sehen wir es doch mal so: Von Amts wegen wurde ein natürlicher Tod bescheinigt, der Kommissar ist heilfroh, wenn man ihn nicht behelligt, und eine offizielle Mordermittlung gibt es im Grunde gar nicht. Wir zwei«, sie zeigte erst auf Sven und dann auf sich, »waren diesmal wohl ein wenig übereifrig.«

Ja, es gab tatsächlich Abgründe, in denen man besser nicht zu tief herumstocherte.

Gisela ließ die Schultern hängen und wirkte auf einmal grau und müde. »Ich hätte ihr sagen sollen, wer ihr Vater ist, dann wäre das alles nicht passiert. Ich trage eine Mitschuld an diesem Fiasko, und ich muss für meine Tat geradestehen. Das Allerwichtigste ist für mich jedoch, dass jeglicher Schaden von meinem Kind ferngehalten wird.«

Ihr Blick schweifte in eine imaginäre Ferne. »Ich sollte mich stellen. Das wäre wohl das Beste. Doch über das wahre Motiv muss ich schweigen. Ich könnte es nicht ertragen, wenn mein Enkelkind in dem Wissen aufwächst, dass sein Vater und sein Großvater ein und dieselbe Person sind. Und soll Marie für den Rest ihres Lebens für diese furchtbare Sünde am Pranger stehen? Sie hat ein so zartes Gemüt, die Wahrheit würde sie völlig zerstören.«

Scarabea schluckte schwer. Die Wahrheit hatte ja meistens die Angewohnheit, irgendwann ans Licht zu kommen. Doch wer konnte es wissen, vielleicht gab es noch eine Chance. Aus den Augenwinkeln fing sie Svens Blick auf, und sie sah, wie er ihr stumm zunickte. Er hatte seine Entscheidung getroffen, und ihr fiel ein Stein vom Herzen. Außer ihnen wusste nur Borwin von der Vaterschaft, und der würde darüber ebenso schweigen wie sie und Sven.

Sie griff nach Giselas Hand. »Wem würde es nützen, wenn du jetzt ins Gefängnis gehst? Könntest du hier in Freiheit nicht einen größeren, wichtigeren Beitrag leisten? Deine Tochter, dein Enkelkind, die Landfrauen – sie alle brauchen dich, und all diesen Menschen könntest du eine Stütze sein.«

Gisela kämpfte mit den Tränen. Ihre Stimme zitterte. »Trotzdem kann ich nicht so weitermachen, als wäre nichts geschehen. Ich muss doch irgendwie eine Wiedergutmachung leisten.«

Scarabea nickte verständnisvoll. »Es gibt verschiedene Wege, Buße zu tun.«

»Ja, du könntest in ein Kloster gehen.«

»Sven, ich bitte dich.«

Er hob entschuldigend die Arme. »War ja nur ein Vorschlag.«

Gisela schaute von einem zum anderen. »Ich werde tun, was ihr für richtig haltet.«

Da erschien ein kleines Lächeln auf Scarabeas Gesicht. »Weißt du, ich glaube, ich habe da eine Idee.«

Dreißig Wochen später

Scarabea betrachtete fasziniert das grandiose Spektakel am Himmel. Sie hatte schon viele beeindruckende Feuerwerke gesehen, überall auf der Welt, und dieses hier konnte mühelos mit den allerbesten mithalten. Hummelstich, das Tüftlerdorf, war auch pyrotechnisch auf der Höhe der Zeit.

Überhaupt brauchte sich die kleine, charmante Gemeinde mit seinen liebenswerten und skurrilen Bewohnern vor dem Rest der Welt nicht zu verstecken. Im Gegenteil, es waren gerade diese Menschen mit all ihren Fehlern und Macken, mit ihrer Warmherzigkeit und ihrem ausgeprägten Gemeinschaftssinn, die das Dorf für Scarabea so attraktiv machten. Sie fühlte sich wohler denn je und spürte noch immer kein Verlangen, weiter durch die Welt zu jetten. London? New York? Nein danke. Ihr Zuhause war hier in Hummelstich. Hier bei ihren Freunden.

Sven, der mit Schal und Bommelmütze neben ihr stand, legte einen Arm um ihre Schulter, und Borwin drückte ihr ein frisch aufgefülltes Sektglas in die Hand. Nur ein paar Meter weiter lehnten Marie und Henrik Butterblum ungeachtet der Kälte an der Hauswand und küssten sich.

»Aah«, seufzte Borwin, »was für eine herrliche Silvesternacht.«

Ja, dachte Scarabea, das ist es in der Tat. Schon der Abend war voller Freude und Leichtigkeit gewesen. Sie hatten zusammen gelacht, gesungen und getanzt, spanischen Rotwein getrunken und eine Vielzahl kulinarischer Köstlichkeiten wie Borwins getrüffelte Linsensuppe mit Kaninchenleber gegessen.

Scarabea lugte durch die Glasscheibe der Verandatür zu Gisela und Sara, die noch am Tisch saßen und miteinander plauderten. Daneben stand die Wiege, in der nun zwei Babys schlummerten – Lotta und die drei Wochen alte Gerda, die Tochter der Butterblums. Etwas weiter hinten lag Krümel mit vollgefuttertem Bauch in einem neuen, kuschelig weichen Hundekorb, und daneben, in einer kleinen Stoffhängematte, döste Dr. Jekyll.

Als die letzte Rakete explodiert und der letzte Böller verklungen war und sich alle wieder ins Haus zurückzogen, blieb Scarabea noch eine Weile draußen stehen. Sie blickte zufrieden in den schwarzen Nachthimmel und dachte daran, wie sich in den vergangenen Monaten alles zum Guten gewendet hatte.

Marie und Henrik Butterblum hatten sich nach einer langen Aussprache versöhnt, und als Marie die kleine Gerda zur Welt brachte, war Henrik in einen solch unbändigen Freudentaumel ausgebrochen, dass niemand mehr den geringsten Zweifel an seiner Vaterschaft hegte.

Gisela Maibach hatte auf Scarabeas Vorschlag in die Politik gewechselt und war mit überwältigender Mehrheit zur neuen Ortsvorsteherin gewählt worden. Ob die Ausübung dieses Amtes eine Strafe darstellte, wäre wohl ein streitbares Thema gewesen. Für Gisela Maibach aber war sie das.

Die neue Aufgabe stellte jedoch auch eine Herausforderung und eine Möglichkeit dar, für die Gemeinde und ihre Bewohner Gutes zu bewirken. Und genau das tat Gisela mit Feuereifer. Eine ihrer ersten Amtshandlungen war die Verwaltung von Dirty Harrys Erbschaft, die mangels ausgewiesener Erben an die Gemeinde ging und die sie zum Bau eines Frauen- und Familienzentrums einsetzte. Scarabea war sehr optimistisch, dass aus Giselas Arbeit noch viele positive und gemeinnützige Projekte hervorgehen würden.

Genauso viel Zuversicht hatte Scarabea auch in ihre eigene Zukunft. Was immer das neue Jahr auch bringen mochte, sie war für alles bereit. Ihre Spürnase würde noch gebraucht werden, da war sie sich ganz sicher. Das Verbrechen schlief nicht, und es war nur eine Frage der Zeit, bis sie und Sven ihre kriminalistischen Erfahrungen würden vertiefen können.

Lächelnd hob sie ihr Glas gen Himmel und prostete den Sternen zu. Dann drehte sie sich um und ging zurück zu ihren Freunden.

Nachwort und Danksagung

Bei dem vorliegenden Buch handelt es sich um die Fortsetzung meines Landkrimis »Mordskäfer«, in dem Scarabea und Dr. Jekyll das erste Mal nach Hummelstich kommen. Das beschauliche Dörfchen, das die beiden mit ihrer schrägen Art nur zu gern aufmischen, ist frei erfunden. Jedoch diente dabei ein realer und nicht minder beschaulicher Ort als Vorlage. Dieser trägt den Namen Hachelbich und ist im schönen Kyffhäuserkreis unweit der Stadt Bad Frankenhausen zu finden. Die ländliche Idylle und ihr Kontrast zu den menschlichen Abgründen, wie sie überall auf der Welt tatsächlich vorkommen können, haben mich besonders gereizt, diesen Krimi zu schreiben.

Danken möchte ich allen, die an der Entstehung dieses Buches mitgewirkt haben. Einen nicht unerheblichen Anteil an meiner kreativen Inspiration hatte wie immer meine Familie, die mir mit Rat und Tat zur Seite stand. Ein besonderer Dank gebührt dabei meiner Mutter Dorothea, mit der man so herrlich über Krimis und alles, was dazugehört, philosophieren kann. Ein herzliches Dankeschön geht auch an meine Lektorin Susann Säuberlich und an das gesamte Team des Emons Verlages.

Glossar

Bemmbiggse – Brotdose
daheeme – zu Hause
demmeln – in die Pedale treten
Fissemadentchen – Unfug
Flitzpiepe – Spinner, Nichtsnutz
Flöhahn – Trottel, Blödmann
ge – Erwartung von Zustimmung, ähnlich wie: nicht wahr?
Gusche – Mund
hinkuzen – hinhocken
Hornzche – heruntergekommenes Haus/heruntergekommene Wohnung
humm wie numm – einerlei
illern – heimlich gucken
Jahresendzeitflügelfigur – Engel
Käsehitsche – kleiner Bollerwagen
Kriepsch – Kerngehäuse eines Apfels
latschen – laufen
Muhkübchen – Marienkäfer
Muschebubu – schummrige Beleuchtung
nuddeln – ausleiern, übermäßig beanspruchen
Schnulli – Unsinn
Suffkopp – Saufbold
vermähren – verbummeln, verlieren

Anhang

Gebratene Schnepfen

nach einem Rezept von Borwin Wandelohe

Zutaten:
4 Schnepfen, küchenfertig
Salz und Pfeffer
8 Scheiben Bauchspeck
etwas Butter
6 Schalotten
2 Knoblauchzehen
300 ml Weißwein

Die Schnepfen abwaschen, trocken tupfen und mit Salz und Pfeffer einreiben. Je zwei Scheiben Bauchspeck um eine Schnepfe wickeln. Butter in einer Kasserolle zerlassen und die umwickelten Schnepfen darin anbraten. Schalotten und Knoblauchzehen zugeben und leicht dünsten. Mit Weißwein ablöschen.
Im vorgeheizten Backofen bei 180 Grad 25 bis 30 Minuten braten, anschließend noch 10 Minuten ruhen lassen.
Dazu passen Rotkraut und Thüringer Klöße.

Die Schnepfe gilt als eines der feinsten Wildgeflügel und gehört – da sie nur schwer zu erlegen ist – zu den kulinarischen Raritäten in der Jägerküche.

Spanischer Orangenlikör

nach einem Rezept von Borwin Wandelohe

Zutaten:
200 g Kumquats
6 unbehandelte Orangen
2 Vanilleschoten
750 ml Wodka
250 ml Cointreau
300 g Pinienhonig

Die Kumquats gründlich waschen und trocken tupfen. Die Orangen auspressen. Die Vanilleschoten der Länge nach halbieren und in kleine Stücke schneiden. Kumquats, Orangensaft, Vanilleschoten mit dem Wodka, dem Cointreau und dem Pinienhonig in ein verschließbares Gefäß geben. Mindestens vier Wochen an einem kühlen, dunklen Ort stehen lassen. Das Ganze abseihen, in Flaschen füllen und bis zum Verzehr kühl aufbewahren.

Schmeckt nach Sommer, Sonne und mehr. Urlaubsfeeling garantiert!

Scarabeas Glückselixier

Zutaten:
1 Vanillestange
25 g chinesische Teeblätter (grüner Tee)
10 g getrocknete Lindenblüten
5 Nelken
1 EL rosa Pfefferkörner
1 Prise Muskat
1 St. Ingwer
Schale von 1 unbehandelten Orange
1 l Korn

Die Vanillestange längs aufschneiden und zusammen mit den Teeblättern, den Lindenblüten, den Nelken, den Pfefferkörnern und dem Muskat in ein gut verschließbares Gefäß geben. Ingwer und Orangenschale klein schneiden und ebenfalls in das Gefäß füllen. Mit Korn aufgießen und drei bis vier Wochen an einem dunklen und kühlen Ort ziehen lassen. Danach die Mischung durch ein Sieb gießen und in Flaschen füllen. Bis zum Verbrauch kühl aufbewahren.

Zur Stärkung von Körper und Geist trinken Sie am besten täglich ein Gläschen. Das Elixier vertreibt Müdigkeit ebenso wie trübe Gedanken und hilft gegen allerlei Beschwerden wie Migräne, Schlafstörungen, Muskelverspannungen und Erkältungskrankheiten.

Die Rache der Azteken

nach einem Rezept von Borwin Wandelohe

Zutaten:
150 g Zartbitter-Schokolade
300 ml Milch
1 Vanillestange
100 g Zucker
100 g Butter
150 g Mehl
2 TL Backpulver
4 EL Kakao
1 Prise Chilipulver
Schokoladensauce:
50 g brauner Zucker
4 EL Kakao
300 ml heißes Wasser

Eine Auflaufform (1 l) einfetten. Den Backofen auf 180 Grad vorheizen. Die Schokolade in Stücke brechen und mit der Milch in einen kleinen Topf geben. Unter Rühren vorsichtig schmelzen. Abkühlen lassen. Vanillemark zufügen. Zucker und Butter schaumig schlagen. Mehl, Backpulver, Kakao und Chilipulver vermengen, zu der Schokoladenmilch geben und mit einem Handrührgerät zu einem glatten Teig verarbeiten. Den Teig in die Auflaufform füllen.
Für die Schokoladensauce Zucker und Kakao mischen. Mit etwas heißem Wasser zu einer homogenen Masse verrühren, dann das restliche Wasser zugeben und unterrühren. Die Sauce über den Teig geben, aber nicht verrühren.
Im Backofen 35 bis 40 Minuten backen, bis die Oberfläche trocken ist.

Warnung: Bei diesem Gericht besteht absolute Suchtgefahr! Bei andauerndem und übermäßigem Verzehr kann es zudem schnell zu einem Schokoschock kommen. Sollten Sie Symptome wie spontane Gefühlswallungen, vermehrten Speichelfluss, entrückten Blick und ein leichtes Zittern bei sich bemerken, suchen Sie bitte unverzüglich einen Suchtberater, einen Ernährungsexperten, ein Fitnessstudio und ein Dentallabor auf (in beliebiger Reihenfolge).

Pfefferminzlikör
nach Art der Hummelstichler Landfrauen

Zutaten:
10 Stängel frische Pfefferminze
1 l Korn
300 g Zucker
100 ml Wasser
½ unbehandelte Zitrone
Pfefferminzsirup nach Belieben

Pfefferminze waschen und trocken tupfen. Die Blätter von den Stängeln pflücken und in ein Ansatzgefäß geben. Mit Korn übergießen, das Gefäß gut verschließen und an einem sonnigen Ort zwei Wochen ziehen lassen.
Zucker und Wasser in einem Topf zum Kochen bringen, 15 Minuten kochen und dann abkühlen lassen. Zitrone heiß abwaschen und mit dem Zuckersirup in das Ansatzgefäß geben. Nach Belieben etwas Pfefferminzsirup zufügen. Wieder verschließen und eine weitere Woche ziehen lassen. Dann das Ganze über ein Passiertuch abseihen, in eine gut verschließbare Flasche füllen und mindestens zwei Monate ruhen lassen.

Hummelkuchen

nach Art der Hummelstichler Landfrauen

Der Hummelkuchen ist eine Variante des bekannten Bienenstichs. Getreu dem Motto »Ein Leben ohne Hummelkuchen ist möglich, aber sinnlos« backen die Hummelstichler Landfrauen ihn zu allen bekannten und unbekannten Anlässen und Festivitäten, zum Beispiel zum Geburtstag, Namenstag, Frauentag, Muttertag, zur Eheschließung, Scheidung, Taufe, Konfirmation, zu Ostern, Fasching, zum 1. Mai, Erntedankfest sowie zu Dorffesten und Jubiläen jeglicher Art. Darüber hinaus ist er ganzjährig auf Kuchenbasaren und Wohltätigkeitsbanketten in der näheren Umgebung zu finden. Im Jahr 2009 gewann der Hummelstichler Landfrauenverein mit dem beliebten Gebäck den Titel »Bester Landkuchen Deutschlands«.

Achtung: Anders als in Scarabeas Traum werden jedoch keine Hummeln verwendet!

Zutaten für 1 Blech:

Boden:
6 Eier
150 g kalte Butter
100 ml Schlagsahne
200 g Zucker
1 Vanilleschote
1 Schuss Amaretto
1 Pck. Backpulver
1 EL Speisestärke
1 Prise Salz
350 g Weizenmehl

Belag:
250 g Butter
150 g Zucker

1 Pck. Vanillezucker
4 EL Milch
1 EL Weizenmehl
1 Schuss Amaretto
300 g gehobelte Mandeln

Den Backofen auf 200 Grad vorheizen. Backblech mit Backpapier auslegen. Die Eier aufschlagen und verquirlen. Butter zerlassen und in flüssigem, handwarmem Zustand zu den Eiern geben. Sahne, Zucker, Vanillemark, Amaretto, Backpulver, Stärke und Salz hinzufügen und zu einem glatten Teig verrühren. Nun das Mehl hinzugeben, bis eine zähflüssige Masse entsteht. Den Teig auf das Blech geben und gleichmäßig verteilen. Auf mittlerer Schiene für etwa 15 Minuten backen.
Für den Belag Butter zerlassen. Zucker, Vanillezucker, Milch und Mehl hinzufügen und verrühren. Das Ganze kurz erhitzen, bis es zu köcheln beginnt. Vom Herd nehmen und leicht abkühlen lassen, dann den Amaretto und die Mandeln unterrühren. Die Masse gleichmäßig auf dem bereits gebackenen Boden verteilen. Nun den Kuchen noch einmal bei 200 Grad für etwa 12 Minuten goldbraun backen. Abkühlen lassen und servieren.

Borwins getrüffelte Linsensuppe mit Kaninchenleber

Zutaten:
150 g Beluga-Linsen
1 Zwiebel
2 Möhren
½ Sellerie
Thymian
200 ml Portwein
1 l Geflügelbrühe
Pfeffer und Salz
200 g Kaninchenleber
1 schwarzer Trüffel (20–30 g)

Linsen mit kaltem Wasser abspülen. Zwiebeln, Möhren und Sellerie in feine Würfel schneiden. Zwiebeln anbraten, restliches Gemüse und Linsen zufügen, kurz anbraten, mit Thymian würzen und mit Portwein ablöschen. Einkochen lassen und mit der Brühe aufgießen. Nach etwa 30 Minuten Garzeit mit Salz und Pfeffer würzen. Anschließend alles mit dem Mixstab pürieren.
Kaninchenleber in mundgerechte Stücke schneiden, anbraten und in der heißen Pfanne durchziehen lassen. Mit Salz und Pfeffer würzen und auf Spießchen stecken.
Suppe in tiefe Teller füllen und nach Belieben Trüffel darüberhobeln. Spießchen auf einem kleinen Teller anrichten und servieren.

Übrigens: Zu Silvester gegessen, sollen Linsen im neuen Jahr reichen Geldsegen bringen. Dabei gilt, je mehr Linsen man isst, desto voller wird das Portemonnaie. Na dann: Wohl bekomm's und Prost Neujahr!

KATHARINA SCHENDEL
Tod an der Gera
THÜRINGEN KRIMI
emons:

Katharina Schendel
DIE DUNKELGRÄFIN UND DIE KOKOSNUSS
Broschur, 192 Seiten
ISBN 978-3-95451-379-6

»Geschickt bedient sich Schendel der historischen Fakten, verwebt sie mit Legenden und erfindet die Geschichte der Dunkelgräfin neu. Ein ungleiches Ermittlerduo: Weniger sarkastisch zwar als die Münsteraner Tatortkommissare Boerne und Thiel; an Unterhaltungswert können es die Thüringer Detektive mit ihren sympathischen Marotten und kuriosen Ermittlungstechniken durchaus mit den Publikumslieblingen aufnehmen. Schendel liefert mit ihrem Krimi leichte Unterhaltung und weckt Lust, die Nase in staubige Wälzer zu stecken, um historische Legenden zu ergründen.« Neues Deutschland

Katharina S
MORDSKÄ
Klappenbros
ISBN 978-3-9…451-298-0

»Ein netter Krimi mit unterhaltsamen und sympathischen Protagonisten. Ein Hauch von Agatha Christie durchweht den Krimi.«
Still Reading Blog

www.emons-verlag.de